魔豆

The Legend of Sun Knight

吾命騎士

vol.4

目錄

楔子　失去主人的神劍

「審判騎士長！」

聽到呼喚，雷瑟停下腳步轉過頭一看，對方的一襲黑色緊身衣讓人想認錯都難。

整座聖殿之中，只有魔獄騎士長才有如此獨特的打扮，雷瑟早已看習慣，完全不會感到驚奇，現在讓他比較訝異的事情反而是羅蘭．魔獄的身旁沒有一個應該在的人。

雷瑟皺起眉頭，問：「魔獄騎士長，你不是該跟著太陽騎士長嗎？」

聞言，羅蘭立刻露出慚愧的表情。

「又跟丟了？」

雷瑟不禁感到好氣又好笑，打從他下令讓魔獄跟著太陽後，反倒幾乎不曾看見這兩人走在一起。

但他知道這不能怪罪魔獄，就算是雷瑟自己都沒有把握在太陽想開溜的時候保證不會被對方甩開。

「罷了，你不用再跟著他。」雷瑟倒是想通了，嘆道：「我早該明白，總不能派個人永遠跟著太陽。」

聞言，羅蘭卻不贊同地說：「但太陽的眼睛看不見了，若是遇上危險，那該怎麼辦？」

雷瑟想通後也就不過度擔憂，「太陽都能甩開你了，我想日常生活應該沒有問題，他也不會出葉芽城，在城內沒有人可以傷害太陽騎士。」

「這倒也是。」被甩開的羅蘭不得不承認這點，但承認完後卻又不解地說：「我實在不明白爲什麼太陽能躲開我的跟隨，以他的實力不該能甩開我。」

雷瑟淡淡一笑，說：「如果你真的那麼認爲的話，那未免也太看不起我們的太陽騎士長了。」

聞言，羅蘭更是不解，問道：「太陽的劍術很糟糕，不是嗎？」

「太陽的劍術確實很糟糕。」雷瑟不得不承認這點。

這說法都算委婉了，格里西亞．太陽有位號稱「史上最強太陽騎士」的老師，在對方多年教導後，劍術竟還能停留在「慘不忍睹」的層級，那真的不是用「糟糕」兩字可以形容的慘度。

「雖然太陽的劍術很糟。」雷瑟淡淡地說：「但如果讓我說出一個我最不想與之爲敵的人，我的答案一定是格里西亞．太陽。」

羅蘭更是迷惘不解，遲疑地說：「但格里西亞他——」

「審判騎士長！」

話突然被人高聲打斷，喊的對象還是審判，讓雷瑟和羅蘭感到有些意外，後者戴著面罩倒無所謂，但前者卻得連忙皺緊眉頭、沉下臉，做出審判騎士專有「人不惹我我也不爽」的表情。

來者是審判小隊的隊員，這令雷瑟的僞皺眉變成眞皺眉。

對於自己的小隊員，雷瑟再了解不過，他們因十分憧憬自己，行爲模式總是不自覺地模仿他，向來冷靜自持且神情冷淡，如今竟有小隊員用慌張的神態急奔而來，顯然事情眞的有些不對。

審判小隊員整個人氣喘吁吁，明顯飛速跑了不短的距離，幸虧他平時訓練有素，即使慌亂且氣虛，仍舊第一時間向兩人行禮：「審判長，魔獄騎士長。」

「什麼事情？」雷瑟回禮的同時皺眉詢問。

小隊員放下手就立刻報告：「審判小隊在巡查時發現城內發生不明原因的爆炸，副隊長讓我先過來通報，他待在那邊警戒，目前暫時沒有發現死傷，但附近教堂的祭司說現場有濃厚的黑暗屬性，可能有人在那裡施展過黑暗魔法。」

雷瑟的臉更沉了，黑暗系魔法師在忘響國向來不受歡迎，不是早跑去其他國度，就是躲在偏遠地區，現在居然有人這麼大膽敢在葉芽城這座光明神殿的大本營中招惹事端？

不管對方是誰，敢在自己的地方惹出事來，那就絕對不能放過！

雷瑟用他的重低音下命令：「召集所有審判小隊的隊員跟我走，還有魔獄，你也一起來。」

羅蘭點頭應下：「是！」

♣ ♣ ♣

一趕到現場，雷瑟立刻明白爲什麼自己的小隊員會慌亂到失去平時的穩重姿態。

這場爆炸竟然在地上留下直徑接近十公尺的大坑，坑洞附近的土地焦黑一片，不遠處有幾幢倒塌的房舍，殘骸散落四處，幸好此處是老舊的刑場，地處偏遠、人煙稀少，若是這爆炸發生在城內熱鬧的區域，後果簡直不堪設想！

雷瑟皺眉，如此嚴重的破壞程度爲什麼沒有聽見動靜？難道是被什麼魔法阻斷聲響？若眞如此，這黑暗系魔法師的實力恐怕超乎想像地強大。

「審判騎士、魔獄騎士——」

一名聖騎士領著幾名祭司急匆匆跑過來，爲首的聖騎士看起來年紀特別輕，他正要行禮就被雷瑟揮手阻止，後者直接下令：「報告情況，從最重要的事情開始。」

「是！」年輕聖騎士喊完後朝旁走開一步，讓祭司上前報告。

祭司們憂心忡忡地說明：「審判騎士長，現場除了探查到大量黑暗屬性，還有大量的光屬性，我們擔心恐怕是神殿中人和對方有場惡鬥，所以正在附近尋找、找……」

尋找屍體。

不須他們說完，雷瑟就明白了，觀看現場情況，戰況一定非常激烈，如果這場戰鬥的結果是光明神殿的人獲勝，那個人早就該回到神殿稟告情況，就算傷得走不回神殿而倒在半路上，也會被巡邏的聖騎士或者皇家騎士發現。

但直到現在，他們都沒有得到任何消息，所以現在只有兩種可能性，那人被死靈法師帶走了，或者根本已經死了，很可能就埋在倒塌的建築物底下。

雷瑟皺眉觀察周圍的倒塌建築物，雖然這裡的建物不像熱鬧區域那麼多，但大大小小也有十來幢，一時之間恐怕清理不完。

這狀況也讓他思考自己是否要先離去，領著小隊在城內搜捕死靈法師，或者繼續在這裡等待，若被挖掘出來的人還活著就能直接告訴自己眞相，同時也能避免黑暗魔法師仍潛伏在附近未走。

雷瑟正思索時，羅蘭走上前來，指著稍遠處的倒塌建築物，說：「審判騎士長，那底下的光屬性很強。」

「光屬性？」

聞言，雷瑟皺了皺眉頭，就算是聖騎士或者祭司，死亡後一樣會被暗屬性侵蝕，羅蘭卻說那裡有光屬性，莫非那人還活著？

想到這個可能性，他立刻下命令：「快去魔獄騎士長指示的地方挖掘，動作小心點，底下可能有人，或許還活著。」

「是！」

年輕聖騎士領命，立刻指揮眾人開始清理殘骸，聖騎士們力量和耐力十足，短時間內就清理掉一大半倒塌的建築物殘塊，但剩下的部分更加破碎，時常動一塊就塌好幾塊，聖騎士一想到底下可能有人，動作變得更加小心，速度也慢了下來。

「羅蘭。」

羅蘭一愣，轉頭看見一列皇家騎士快步走來，最前方的人更是熟悉，那是伊力亞，最近不時來找他切磋劍術。

雖然對方首次找他的時候，他很擔憂是被認出自己曾經是皇家騎士，畢竟面罩只遮住下半臉，但伊力亞說是審判騎士介紹來對練劍術，瞬間打消他的疑慮。

伊力亞讓皇家騎士們停下腳步，自己獨自走上前來，一邊看著地面的大洞，一邊皺眉詢問羅蘭：「發生什麼事情？」

羅蘭搖頭解釋：「我們也不清楚，只知道這裡發生過爆炸，現場還有大量的光暗屬性聚集。」

一旁，雷瑟開口請求：「伊力亞騎士，可否請你的人也加入挖掘？我們猜測可能有祭司或聖騎士被埋在建築物殘骸下，人或許還活著。」

聽到這話，伊力亞吃了一驚，連忙同意：「當然沒問題。」

他轉過身去，指揮部下加入挖掘行列。

雷瑟皺著眉頭看挖掘工程，自己在此似乎也無濟於事，應該去城內搜尋可能存在的黑暗系法師，但這時，他猛然想起來其實死靈法師並不在自己負責的範圍。

他立刻轉頭看向年輕聖騎士，也是自己的副隊長，詢問：「維達，派人通知太陽騎士長了嗎？」

維達立刻回報：「隊長，我找不到太陽騎士長，但已經通知太陽小隊副隊長亞戴爾，他說會立刻讓太陽小隊分組在城內搜尋，一發現不尋常的暗屬性聚集，他會親自帶人前去探查。」

聞言，雷瑟點了點頭，亞戴爾做事一向讓人放心，看來他可以待在這裡等待結果，不用兩難，只是不曉得太陽到底又跑到哪裡去了？他是習慣性甩開羅蘭，或者是為了做什麼才特地甩開人？

「對了，太陽騎士沒有過來嗎？」伊力亞開口問。

「伊力亞，你來的路上有看到太陽嗎？」羅蘭轉頭詢問。

同時問出相同問題的兩人互看了一眼後，笑著對彼此搖了搖頭。

見狀，雷瑟也在心中莞爾一笑。

從以前便是如此，雖然格里西亞本身劍術實在糟糕，卻總是認識劍術強者——不！其實不只是劍術強者，他恐怕認識葉芽城內所有強者。

光明神殿的十二聖騎士，其中甚至還有個死亡領主；皇家騎士年輕一代的領袖伊力亞，同時還是公主的愛人；還有那位令人敬畏的史上最強太陽騎士老師；以及隱藏在暗中的強大死靈法師。

除了認識所有強者，格里西亞本身又眞像羅蘭認定的那般弱嗎？

想到此，雷瑟眞有點感嘆了，恐怕只有自己、教皇和前任太陽騎士，才眞正知道格里西亞．太陽到底有多強大……或許就連他也不是眞正明白？

雷瑟忍不住喃喃自語：「格里西亞，你總是說我像你肚裡的蛔蟲，你沒有一件事情能瞞過我，但我卻從不曾眞正了解過你的實力，還是說其實就連你也不明白自己眞正的實力？」

羅蘭和伊力亞聽見雷瑟的低語，卻聽不清楚確切內容，兩人好奇地轉過頭來問：

「什麼……」

「挖到了！」

聽到維達的這聲高喊，三人爲之一振，卻看見眾人在挖出的洞旁圍觀，沒有任何救助的動作，對此，三人十分一致都皺起眉頭。

雷瑟更是第一個沉下聲音，低喝：「祭司到底在做什麼？還不快些救人？」

祭司們一看見審判騎士的陰沉臉色，個個嚇得臉色一白，慌忙解釋：「那、那並不是人……」

聞言，雷瑟的眉頭皺得更緊了，頓感情況不對勁，快步上前一看，底下的東西確實不是人，而是一把劍，就這麼靜靜地躺在塵土之中，以它的身分，實在不該有這種待遇。

「怎麼會是太陽神劍？」

雷瑟一眼認出躺在底下的是太陽神劍，這是格里西亞最珍惜的寶物，雖然他實在不太會使用，但不妨礙他重視這把劍。

格里西亞極少將太陽神劍帶出聖殿，而且只要一帶出去就絕對不會離身。

但如今太陽神劍在這裡，它的主人卻不知所蹤……突然間，雷瑟眼尖看見劍身沾染著東西，他立刻跳下坑洞撿起劍一看。

果然是血跡！

他的臉色幾乎立刻變了，對周圍騎士大吼：「快！繼續挖！但動作小心一些，太陽……下面那人可能還活著！」

這時羅蘭也跳下來，他蹲下來手觸地面感受屬性，視線卻沒有離開過雷瑟手上的太陽神劍。

即使再不願承認，他還是站起來低聲對雷瑟說：「底下眞的沒有光屬性了，我之前感覺到的光屬性就是太陽神劍沒錯，難道格里西亞他——」

「不！」

雷瑟強硬地打斷羅蘭的話，他躍回上方地面，示意羅蘭跟著他跳上來，讓聖騎士們可以繼續向下挖掘。

雷瑟環顧宛如破敗廢墟的老舊刑場一圈，堅定地說：「不可能！這種地方絕對不是太陽會葬身之處！」

所以……

格西里亞，你在哪裡？

屠龍第一招

「正常的冒險隊」

格西里亞！你逃不掉的，絕對……

我嚇醒了。

猛然張開雙眼坐起身來，一股不對勁的感覺湧上來，卻又說不出到底是哪裡有問題。

眼前一片漆黑。

我直覺摸上雙眼，試著張眼又閉眼，眼前同樣一片黑暗，完全沒有差別。

自己看不見嗎？是個瞎子？我反射性冒出一連串疑問。

不對！我看得見！周圍景象越來越清楚，彷彿身上原本覆蓋著厚厚的一層紗布，而現在有人把紗布一層層揭開來，黑暗逐漸轉爲明亮，一切從模糊到清晰。

我看見自己坐在一張床上，床的木屬性很重，這應該是木頭做的……但屬性是什麼？

我遲疑了一陣，不太明白「屬性」的意思，但又覺得這是再正常不過的東西，就是一種常識，根本不須疑惑。

我索性一把掀開棉被坐到床邊繼續觀察，這是一間不算大的房間，床邊有張椅子，遠一點的地方有桌子，有少許水屬性聚集在桌面上，被籠罩在土、金屬性混合的容器裡……這是一個水壺。

我甚至知道水壺裡的水只有裝五分滿。

這過程完全不用用到雙眼，我甚至不須轉頭四下張望，景象就自動出現在腦海中，我再次試著閉上眼睛，周圍景象根本沒有因此有所變化。

所以，眼睛這東西到底是用來做什麼的？我本來以爲眼睛就是用來「看」，如今卻連「看」這個字的意思都讓人搞不懂了，自己現在這樣算是在看了嗎？好像是又好像不是。

既然搞不懂就先不管了，反正只要看得見就好，比起搞懂這些事情，我總感覺有什麼更重要的事情被自己忽略了——有人來了！

我轉過頭去，雙眼看向門口，卻又猛然愣住，轉頭用眼睛面對門口是爲了什麼？自己根本就不需要眼睛也能看見門口，這似乎有點多此一舉，但卻是反射下的舉動，這表示以前確實是這麼做的吧？

雖然覺得眼睛這東西功用不明很是奇怪，但我還是先把這事拋在腦後，注意力放在進來的人身上，這人的風屬性比較高，但又不到魔法師的程度，應該是敏捷型的盜賊或者弓箭手之類的職業，看他的模樣——喔，錯了，是「她」才對。

還是一個身材非常好的「她」！

就算我實在不知道她漂不漂亮，但身材和漂亮無關，只要胸大、腰細和腿長這三點就足以構成「身材好」這個詞！

「啊！你醒了呀？」她一進來就吃驚地喊。

聽這聲音應該是一名挺年輕的女性，一醒來就能遇見身材好的年輕女性，這點眞讓人心情愉悅。

「嗯，我醒了。」我連忙站起來。

她立刻衝過來阻止：「別起來呀，你傷得很重……呃！好像也好得差不多了，眞是不可思議，優娜明明說你的傷勢至少要好好躺著兩週後才能下床，結果才過三天你的傷就好得差不多了，差點讓優娜以爲你是不死生物呢！」

「優娜？」我有點迷惑地反問。

女人倒了一杯水，一邊走到我身旁一邊解釋：「喔，優娜是我們隊裡的祭司，她和伊果去街上買東西了，伊果是我們的戰士，我們還有個德魯伊，叫作伍德洛，然後我的名字是希貝兒，是個弓箭手唷！來，你渴了吧？喝點水吧。」

被她這麼一說，我果眞感覺到喉嚨和嘴巴都乾得要命，連忙接過水，說了句「謝謝」後就咕嚕咕嚕地喝起來。

希貝兒帶著好奇的語氣問：「你呢？你叫作什麼名字？」

去。

一口氣把整杯水都喝個精光，解了口渴後，我才真正把希貝兒的問題聽進耳朵裡

「我叫作什麼名字……」

「嗯？」

希貝兒又靠近了一點，我現在已經可以「看」清她的容貌了，她眼睛細長、五官深邃，嘴唇比較豐厚，雖然我仍舊不明白這算漂亮或不漂亮，但就憑那對豐滿到快要撞上我胸膛的胸部，我就承認她是個美女！

「你到底要不要說你的名字呀？」希貝兒用疑惑的語氣問。

我猛然回神，連忙回答：「我叫作……」

回答到一半，卻又沉默下來了。

很好，終於發現被自己忽略的重要事情是什麼了。

我是誰？

♣♣♣

面前坐著四個人，由左到右分別是壯得像座山的戰士，伊果；高得像座山的德魯

伊，伍德洛；身材不好的祭司，優娜；最後是身材很好的弓箭手，希貝兒，據說還有個叫作亞奇的盜賊尚未歸隊。

光憑職業來判斷，這是個很不錯的隊伍組合。

我腦中自動跳出這個判斷，看來就算失憶了，大部分常識似乎沒有丟掉，算是沒倒楣到極點，要是連常識都沒有，接下來就難了。

「你失憶？這太難以置信了。」伍德洛喃喃自語完就自顧自地陷入沉思。

「對呀！眞是不可思議。」希貝兒馬上插嘴說：「他受重傷的時候，我就覺得不可思議，這怎麼可能啊？」

優娜點了點頭。

「沒錯、沒錯。」伊果用力點頭完全贊同。

「請、請問一下。」我有點不太明白，只好開口問：「爲什麼我受傷是很不可思議的事情？是人都會受傷吧……呃？應該沒錯吧？」

我有點不敢肯定了，一個連自己名字都不記得的人，腦中的「常識」到底有多少正確，還眞的很難說。

四個人整齊劃一地轉頭看著我，異口同聲地說：「不可思議是因爲你很強呀！」

「我很強？」我反射性地問：「我是戰士嗎？」

「不，你是祭司。」希貝兒卻一口否決這個猜測。

祭司？

我是一名祭司，卻被說很強？那爲什麼腦中的常識卻告訴我，祭司這種職業就是以「柔弱」二字著稱的？看來，失憶之人的常識果然不太可信。

優娜補充道：「你確實是個很強的祭司沒有錯，不過我們說的很強，其實是指你的同伴很強。」

我的同伴？我疑惑地問：「不是你們嗎？」

希貝兒翻了翻白眼後說：「如果我們是你的同伴，那我幹嘛問你的名字呀？」

這麼說也是。

我順手摸了摸垂在胸前的髮絲，非常疑惑地問：「你們知道我是祭司，也知道我的同伴很強，卻不知道我的名字？你們到底認不認識我？」

聞言，四人互相看了幾眼後，由終於從沉思中醒過來的伍德洛開口解釋。

「我們不認識你，只是曾經被你和你的同伴救過命，有過一面之緣，當時見過你施展聖光，所以知道你是個祭司，也曾看過你的同伴出手，雖然你的隊伍只有三個人，但卻非常強大！」

同伴嗎？我並不驚訝聽到自己有同伴，事實上，當一聽到「同伴」這個詞時，腦中就自然而然地浮現出好幾個人影，人影的數量比伍德洛說的人數只多不少！

雖然還是想不起來人影眞正的模樣，但自己絕對有同伴。

想清楚這點後，我放心多了，只是忍不住好奇地問：「我的同伴是什麼樣的人？」

「是一名聖騎士，還有、還有……」

伍德洛停下話來，我注意到他皺眉了，停下話又皺眉，這是「遲疑」的神態吧？爲什麼要遲疑呢？難道，我那名同伴有什麼不對勁嗎？

伍德洛突然靠近我，低聲說：「他是一個黑暗精靈。」

「黑暗精靈？」我有點茫然，如果常識沒有錯的話，黑暗精靈好像是一種黑膚白髮且名聲不太好的種族，但卻想不起更多細節了。

這時，優娜連忙說：「或許不是同伴，是你和那名聖騎士抓住那名黑暗精靈也不一定。」

「對、對！」伊果立刻跟著附和：「聖騎士和祭司沒道理會跟黑暗精靈走在一起，那可是黑暗生物！大家都知道光明神殿的人最恨黑暗生物了。」

「光明神殿？我是光明神殿的人嗎？」

我喃喃這個詞「光明神殿」，越唸越順口，覺得很有可能，因爲光明神殿和聖騎士這兩個詞聽起來都非常耳熟。

優娜點了點頭後解釋：「你的聖光能力很強，只有光明神殿的祭司才擁有那麼強的聖光，所以你不會是其他神殿的祭司，只有可能是光明祭司，只是不知道爲什麼會在這裡。」

聞言，我連忙問：「妳說的這裡是哪裡？」

希貝兒插嘴說：「這裡是基辛格王國，已經是渾沌神殿的領地，光明神殿所在的忘響國離這裡可有段距離了，要往北走上五天，才能踏入忘響國的國界線呢！」

我似懂非懂地點了點頭，「基辛格」聽起來很陌生，所以自己應該不是這個國家的人吧？「渾沌神殿」聽起來也沒有熟悉感，還是「光明神殿」比較順耳一點。

我看向優娜，問：「那優娜妳就是渾沌神祭司了？」

「當然不是，我是戰神祭司。」優娜有點沒好氣地說：「如果我是渾沌神祭司，那當初就不需要你救了。」

這又是什麼意思？

我沉默下來，卻不想再次開口問，就算優娜回答了，自己不明白的問題也只會越來越多而已，更何況我根本不在乎優娜是什麼祭司，現在唯一想知道的事情就是自己到底是誰？

哪怕只有名字也好呀！

格里西亞，你逃不掉的，絕對……

我思考著在嚇醒的那當下聽見的話，這話最開頭的「格里西亞」聽起來像是個名字，同時也像是在跟我說話，那麼會不會這就是我的名字呢？

這時，優娜帶著抱歉的語氣說：「抱歉，我忘記你已經不記得這些事情了，我不該用那種口氣對你說話的。」

「沒關係。」

聽到優娜的話，我才回過神來，搖頭表示不介意，同時說：「既然我有同伴，那就沒什麼關係了，反正他們很快就會來找我。」

四人互相看了幾眼，優娜用更抱歉的語氣說：「我想不會很快，其實已經過十天了，可是根本沒有人在找你。」

「十天？」我愣了愣後看向弓箭手，問：「希貝兒，妳不是說我的傷勢在三天內就痊癒了？」

「是呀！」希貝兒聳了聳肩後說：「但你在傷好了以後又睡了七天啊！我們正不

知道該怎麼辦呢！你一直不醒來，可我們又不能丟下你不管，我們大部分的錢都已經花在你的醫藥費上，再不去做任務眞的是不行——」

「希貝兒！」優娜尷尬地連忙阻止她再繼續說下去。

希貝兒卻不肯停下來，語氣衝動地喊回去：「不說眞的不行了啦，跟他說清楚我們的狀況，讓他幫忙做一下任務，不然再這樣下去，我們眞要喝西北風啦！」

「希貝兒！」

伍德洛一聲低喝，帶著斥責的語氣，這才眞正讓希貝兒停下話來，然後，他轉向我，帶著歉意說：「希望你別介意希貝兒說的話，我們幫你絕對是應該的，當初如果沒有你和你的同伴，我們一夥人早就變成山洞中的枯骨了。」

「沒有錯，所以千萬別介意希貝兒說的話，她只是胡亂說話而已。」

優娜一邊說一邊還用眼神警告著希貝兒，後者則是不太甘心地低垂下頭。

「格里西亞。」

「什麼？」四人都是一愣。

我開始說明：「你們可以叫我格里西亞，我想這應該是我的名字，大概吧。」

眾人點了點頭，希貝兒更是唸了幾次我的名字，低聲抱怨這名字眞難唸。

我繼續說：「既然你們說我救過你們，那現在你們也救了我，所以我們就當作是扯平，誰也不欠誰。」

眾人都點了點頭，伊果大喊一聲：「好！格里西亞，你夠爽快。」

我笑了一笑，接著說：「至於你們提出的幫忙做任務，我同意，但是我要分任務的賞金，只施展中級治癒術的話，那分一成賞金給我就好，高級治癒術就要兩成，如果還須要施展神術，那就再加一成，也就是總共三成。」

希貝兒忍不住大喊：「喂喂，你眞的是光明神祭司嗎？我聽說他們很悲天憫人的。」

我聳了聳肩，說：「誰知道呢？我現在失憶中，什麼都不記得了，搞不好其實是渾沌神祭司也說不一定。妳之前說同伴遲遲沒來的話提醒了我，自己現在是處於失憶又找不到同伴的狀況，所以暫時得靠自己賺錢吃飯，都要賺錢了，賺多一點總比賺少一點好吧？」

聞言，隊伍中的三人立刻一起瞪向他們的弓箭手，而希貝兒的表情……嗯，這應該是欲哭無淚。

被隊友齊瞪以後，希貝兒用委屈萬分的語氣哭訴：「你這傢伙一點也沒有你外表的高雅！」

外表？我有點好奇地問：「我長什麼樣子？」

這問題一出，優娜和希貝兒都看過來，後者還故意靠近仔細打量，著迷地說：「你有一頭超級燦爛的金色長髮，眼睛像天空一樣蔚藍，而且皮膚好白又好好摸喔！」

好白？白是什麼意思——等等！好好摸？我立刻說：「等一下！妳怎麼知道我的皮膚好好摸？難不成妳摸過？」

「……啊！」

希貝兒先是瞪大眼，露出「糟糕被發現了」的表情後，急忙解釋：「換藥的時候不小心就碰到了，幫你換衣服也會碰到呀，洗澡更是不得不碰，平常要給你翻身的時候也會碰到，還、還有……」

還有？妳乾脆直接說有什麼時候是沒碰到的，這樣不是比較快嗎？

該死！我居然有種被女人欺負自己吃了虧的感覺，這怎麼行呢？這世上什麼都能吃，就是不能吃虧！

我立刻對希貝兒說：「那妳要讓我碰回來才公平。」

「好呀……」

希貝兒答應到一半，優娜立刻阻止：「希貝兒，妳在胡說什麼！」

她立刻改口說：「我是說當然不好！你眞是個大色鬼！」

眞可惜！我萬分後悔，應該趁著沒有別人的時候再開口要希貝兒負責，看她的反應根本就是很想被碰回去嘛！

看著隊友們一臉無奈，希貝兒垂下頭低聲咕噥：「都是因爲他太好看了嘛，害我不知不覺就答應了。」

優娜提醒她說：「想想他隊伍中的那名聖騎士，妳就會覺得他也沒那麼好看了。」

這時，希貝兒突然抬頭看向天花板，雖然天花板什麼也沒有，但她卻滿臉都是——說好聽點叫作「憧憬」，直接一點叫作「花痴」的表情。

一會兒過後，她才低頭看著我，點頭同意說：「優娜說的對，其實你也沒有多好看嘛！還是他又強又帥！」

……我突然不想找回那個聖騎士同伴了。

「是呀！那位聖騎士眞的很有風度！」

這話不是希貝兒說的，是優娜開口說的，她一反之前的冷靜，情緒激動地說：「強大英俊，卻又溫柔體貼，說話語氣成熟有禮，而且人也很好，明明救了我們卻完全不居功，甚至因爲搶走魔物而道歉，還想把戰利品送給我們，最後好心提醒我們快點離開危險的地方——喔！他眞的是太棒了！」

這次，換優娜陷入憧憬，又或者稱爲花痴的狀態之中。

「而且眞的很優雅。」希貝兒朝我瞥來一眼後，大搖特搖著頭說：「不像你，只有外表優雅。」

聞言，我有點惱怒地說：「誰知道他是不是只有外表成熟優雅，其實是個自大又任性的傢伙呀！」

「絕對不可能！」

優娜、希貝兒，甚至連伊果都異口同聲地反駁我。

我頓時啞口無言，居然連身爲男人的伊果都同意了，難道那個聖騎士同伴眞的不是只有一張臉能看，而是像他們說的那樣又帥又成熟又優雅，而且還是個徹頭徹尾的好人？

不敢相信世界上眞的有這種人！

這時，伍德洛遲疑地說：「那名聖騎士確實是有一點好得過頭，感覺似乎不太眞實。」

我頓時對伍德洛生起一股「我們是同伴」的心情。

「喂！你那是什麼表情呀？」希貝兒沒好氣地說：「我們說的人可是你的同伴耶！難道你不想要自己的同伴是好人，反而希望他是壞人嗎？」

我想了想，這麼說也是，同伴是好人總是比較好欺壓——等一下！這是什麼想法？我居然想欺壓別人？難不成……

我才不是一個好人嗎？

突然有種恍然大悟的感覺，我不禁喃喃：「這麼說也是很有可能的，不然自己怎麼滿腦子都是不能吃虧、錢、美女和胸部呢？」

「什麼？」希貝兒帶著好奇的表情問。

「沒什麼，我只是突然有點擔心。」我抬起頭來看著眼前的隊伍，警戒地說：「那我該怎麼知道你們是不是好人呢？」

「你在說什麼呀！」希貝兒頓時氣惱地說：「我們當然是好人呀！不然怎麼會出手救你，還因爲你遲遲不醒，結果害我們沒辦法去做任務賺錢，都要喝西北風啦！我們是壞人的話，早就把你丟掉不管了啦！」

「這麼說也是。」

我露出一個溫柔微笑，這笑容的效果顯然不錯，剛才還說我只有外表高雅的希貝兒和優娜都痴痴地看著我。

見狀，我滿意地笑著說：「你們果然是好人，這眞是太好了，呵呵呵！」

「爲什麼我卻有種不太好的預感？」

伍德洛喃喃自語，卻被伊果一個大力拍肩打斷了，伊果大笑說：「伍德洛你就是擔心太多啦！你不是總說隊伍得有神護佑的好運才會有光明祭司加入嗎？現在真的有個光明祭司來了，我們眞是太幸運啦，你還苦瓜臉幹嘛？」

聽見伍德洛和伊果的對話後，我轉過頭去對伍德洛笑了笑，本是想讓他放鬆警戒，誰知道他竟愣了一愣，對其他人示意安靜，接著躡手躡腳地走到我面前，舉起右手在我的眼前緩慢地揮舞。

我一把抓住他的手，莫名其妙地問：「你做什麼？」

伍德洛吞吞吐吐說：「只是覺得有點奇怪，你的眼睛……」

「我的眼睛？」

「不，沒什麼，大概是我太多心了。」伍德洛尷尬地解釋：「總覺得你好像沒在看我。」

「我在看你。」我的確是看著伍德洛，不管是他臉部肌肉的細微運動、體內流動的血液，還是規律跳動的心臟，全都看得一清二楚。

「抱歉，是我太多疑了。」

說完，伍德洛沒再提眼睛的事，只跟我討論起更實際的問題，分成的大問題！

他討價還價地說：「神術就不用了，優娜是戰神祭司，她的輔助神術肯定比你強，你唯一有用的地方就是治癒術而已，所以兩成太多了，我們隊伍對於酬勞的分法是拿到錢時，先扣去兩成當作隊費後平分給隊伍中的人。」

「隊伍有六個人，先扣去兩成再分給六個人，所以是不到一成五！」

這怎麼行！我立刻反駁他：「兩成不算多！我記得，光明神祭司很少離開神殿去冒險，所以可是很搶手的喔！」

「……你眞的失憶嗎？」

「不要就算了！」

「好吧好吧！兩成就兩成。」伍德洛看起來似乎有點懊惱，但立刻又打起精神繼續談條件：「但是你要多施展『聖光護體』這個神術！」

聖光護體？我會嗎？這四個字聽起來還滿耳熟的，那就當作會吧！反正到時候若眞的不會，看在治癒術的份上，伍德洛他們也不至於會趕我走吧！

「好……」我正回答到一半時卻看見門外有人，開口問：「你們的盜賊亞奇是綁著一束馬尾嗎？」

「是呀，你想起來？」伍德洛訝異地反問。

我還來不及回答，門外那人就一邊大喊「伍德洛」，一邊踹開房門衝進來。

「伍德洛！太好了，城內有個大任務——咦？他醒了呀？」

進來的那人一頭長髮綁成一束，高高地束在腦後，身材削瘦且矮小，甚至比希貝兒還矮一些，約略和優娜一樣高，但他的音量卻和身材成反比，宏亮得像是有人在我耳邊敲鐘那麼大聲。

這應該就是隊裡的盜賊亞奇。

亞奇一看見我醒來，反而沒那麼著急了，他冷靜下來摸著腦袋說：「哎呀，沒想到你居然醒了，那可就好囉，終於可以出城做任務啦！不過，好不容易打聽到的消息也白費了。」

「怎麼回事？」伍德洛又再次發問。

亞奇聳聳肩說：「城裡有個大任務，不用出城也能做，獎金可不少，所以我趕緊來告訴大家。」

我連忙問：「獎金很多？是什麼樣的任務？」

亞奇愣了一愣，帶著莫名其妙的表情看了我一眼，然後又轉頭看向隊伍中的人要解釋。

伍德洛咳了一聲後，介紹：「這是新的隊友格里西亞，光明神祭司，他會一直待到他的同伴來找他爲止。」

聞言，亞奇「喔」了聲後，簡單對我說了句「歡迎呀」就興奮地開始解說任務內容。

「之前城裡不是來了隻獨角獸嗎？」

眾人點了點頭，只有我疑惑地問：「獨角獸？」

「喔，對了，你一直在睡覺，所以不知道這消息。」希貝兒搶著說：「前幾天，城裡有支冒險隊抓到獨角獸，他們把獨角獸送到冒險者公會後，馬上從默默無名的冒險隊變成超有名隊伍耶！讓人超羨慕的！」

獨角獸？這個詞聽起來眞陌生，自己的問題果然只會越來越多而已。

「先解釋一下，獨角獸到底是什麼東西？」

「你怎麼可能不知道獨角獸？」

亞奇訝異到跳起來，還像鐘響一般地大喊，音量大到讓我一陣耳鳴，頭還隱隱生痛，這種音量簡直嚇人，其他人居然受得住？

我轉頭一看，其餘人果眞面色如常，完全沒有耳朵和頭都很痛的感覺，眞不愧是亞奇的隊友，他們早就用雙手摀著自己的耳朵了。

伍德洛放下雙手，從容不迫地說：「格西里亞失憶了。」

「嘎？」亞奇的表情好像踩到龍屎一樣。

伍德洛跟我解釋道：「獨角獸是一種很少見的魔獸，外表很像白色的小馬，只是在馬頭正中央有根白色的角，那根角就是獨角獸施展魔法的地方，據說牠的雷電魔法非常厲害。」

魔法？我遲疑了一下，雖然說不上來魔法是什麼東西，可是聽起來就跟聖光護體一樣耳熟，或許自己也會這種技能？

但當我跟大家說出這個可能性後，所有人都笑了。

希貝兒笑得尤其大聲：「不可能啦，你是個祭司，又不是魔法師。」

是這樣嗎？我還是有點懷疑，自己真的不會魔法嗎？但魔法這個詞怎麼聽起來這麼耳熟。

「別笑他了，人家失憶呢！你們這樣真是太沒有禮貌了。」

優娜是唯一沒笑的人，還出聲斥責其他人，這讓我對她觀感大好，身材不好的缺點也頓時不是那麼重要了。

她十分溫柔地跟我解釋：「我們也沒見過獨角獸，只是一些傳言而已，牠是不是真的會雷電魔法，我們也不知道。」

亞奇搶上前說：「還有大家也知道的事——不！不是大家知道，是傳言、傳言啦！優娜妳別瞪我，大家都是這麼說的嘛！獨角獸只肯接近純潔無瑕的處女。」

喜歡處女？這點跟我好像——不！不是，獨角獸真是一種很色的動物，活該牠會被抓！

這時，亞奇的目光、其實是隊裡所有的男性，都瞄向隊裡唯二有可能是「處女」的女性隊員。

希貝兒馬上沒好氣地說：「不用看我啦！你們以爲我會是嗎？」

眾人，包括我在內，都立刻搖了搖頭，然後把眼神投向另一人，優娜。

優娜瞬間紅了臉，她低垂下頭，幾不可見地搖了搖頭。

居然連優娜也不是！

我自己大驚失色後發現其他人也張大嘴，一副比我還驚訝的樣子。

尤其是伊果，臉色難看到簡直像是世界在他面前崩塌了，看來這傢伙對優娜有點意思，不！恐怕不是有點，而是非常有意思，這傢伙居然連眼眶都紅了呀！

其他隊友似乎早就知道伊果對優娜有意思，除了我以外，根本沒人因爲伊果的異常悲情而驚訝，連優娜本身都沒有半點吃驚。

我在同情之餘上前拍了拍伊果的肩膀，他一臉感激，差點就要撲進我懷裡痛哭，幸好我閃得夠快！

一旁，亞奇失望到嘆息連連，說：「啊！眞可惜，那匹獨角獸昨晚跑掉以後，冒險者公會出了五百枚金幣的懸賞金呀！」

我一怔，大步衝上前抓住亞奇的衣領，大吼：「你剛才說什麼！」

亞奇嚇了一大跳，結結巴巴地說：「眞、眞可惜……」

「是下一句！」

他立刻說：「獨角獸昨晚跑了！」

「再下一句！」

亞奇呆愣住了，直到我把他整個人提起來、讓他雙腳離地後，他才回過神來快速回答：「找回獨角獸的獎金是五百枚金幣！」

五百枚金幣！

我丟下亞奇立刻計算起來，五百枚金幣的兩成就是一百枚金幣！只要抓到那匹該死的色馬，我就可以進帳一百枚金幣呀！

我立刻對眾人大吼：「好！我們就接下這個五百枚金幣的任務吧！」

眾人目瞪口呆，好一會後，伍德洛勉強回應：「但是我們沒有處女，要怎麼引牠來？」

我冷笑一聲，緩緩一字一字說：「沒有？那抓一個來不就好了？」

屠龍第二招

「強大的坐騎」

根據亞奇的說法，獨角獸脫逃後，城門已經全部關閉，僅留下小門供人通行，所以獨角獸一定還沒逃出城外，只是不知道什麼原因，徹夜搜查後仍舊沒有找到牠的蹤跡。

爲了避免時間一久，獨角獸自己脫逃出城，或者是被別人抓住偷偷運往城外的事情發生，所以冒險者公會決定發布五百枚金幣的賞金來懸賞這隻獨角獸，唯一的條件是絕對不能讓獨角獸死亡或者受重傷。

聽完亞奇提供的訊息，我開始思考要如何行動，但想來想去，不管如何計畫，第一件要做的事情都是要在別人抓到獨角獸前，先一步找到牠才行。

要是獨角獸落在別人手上，那什麼計畫都不管用了，所以現在時間緊迫！

我立刻轉頭問隊友：「我的裝備在哪裡？」

聞言，希貝兒和優娜互看一眼，前者依依不捨地從懷中掏出一枚徽章來，還摸了好幾下後才肯放在我手上。

這枚徽章約莫巴掌大小，摸起來是金屬製品，照理說應該是金屬性，但卻內含非常強烈的暗屬性，我好不容易才從一團濃厚的暗屬性中找出金屬性，拼湊出徽章眞正的形狀。

徽章上有立體浮雕，用簡單的線條勾勒出一頭很有威嚴的……動物。

一時之間想不起來這是什麼動物，看來我應該不常見到牠，不過這塊徽章給人一種很熟悉的感覺，應該是自己的東西沒有錯。

接下來，我等了一會兒，但她們卻遲遲沒有再拿出別的東西，我驚訝到脫口而出：「就這樣？連一把劍都沒有？至少該有衣服吧！」

雖然身上穿著一套普通的白色上衣和棕色褲子，但我就是直覺認爲這不是自己的衣服，而且原本的衣服一定得拿回來才行，那可不是什麼便宜貨！

「你是祭司，祭司只拿法杖，不拿劍的。」優娜仔細解釋：「你的衣服也不能穿了，我們是在森林中撿到你的，當時周圍全是燒焦的樹木和草地，而你也像是被大火熏過一樣，衣服又黑又破，而法杖嘛，很抱歉，我想也許是燒掉了吧。」

法杖被燒掉了？聽見這話，我怎麼一點心疼的感覺都沒有？

這有點不太對勁，武器應該是很重要的東西吧？但我卻完全不難受，總覺得法杖聽起來好像不是很重要。

難道有其他更重要的東西，連法杖相比之下都不重要了？我再三詢問：「眞的沒有其他東西了嗎？」

優娜和希貝兒都搖了搖頭。

是這樣嗎？我先是摸了摸腰間，隨後又撫上胸前，總感覺好像有些東西不見了，但剛剛聽見自己被發現時的慘狀，東西多半也被燒掉了吧，暫時想不起來也好，免得失憶就夠頭痛了還得加上心痛。

我對眾人說：「既然獨角獸只會被處女吸引，那計畫第一步就是先去抓個處女。」

「你不是眞的要去抓處女吧？」伊果大驚喊完，彷彿想到什麼，哀怨地看了優娜一眼，這才繼續說：「你又不知道誰是處女，要怎麼抓啊？」

我理所當然地說：「抓個小女孩不就好了？反正引誘完獨角獸，我們就會放她回家了嘛！」

伍德洛試圖掙扎，說：「抓小女孩？這不太好吧？」

「當然不好！絕對不可以那樣做！」優娜十分生氣地看著我，厲聲道：「格里西亞你可是一名光明神祭司，大家都知道光明神祭司是最善良的人，你要是這麼做的話，之後恢復記憶，你一定會爲此悔恨一輩子！」

悔恨一輩子？我愣住了，自己是那麼善良的人嗎？

「幹嘛那麼緊張？」亞奇嘿嘿笑著說：「根本不用抓啦，我們可以僱用她呀！」

「僱用？」我有點疑惑地問。

亞奇點了點頭，十分了解地說：「找窮人家的小女孩，只要一些銅幣就可以僱用一天了，不過得找年紀夠小的，不然很有可能也不是處女，這也是沒法子的事情，窮人家的女孩不用多少銅幣就可以僱用一天，不管你想找她去幹啥都行，嘿嘿嘿……」

「亞奇！」優娜大聲斥責。

亞奇聳了聳肩，不再開口說話。

我沉默不語，聽見亞奇這些話真的讓人感覺很不舒服，或許優娜說的對，我可能真的是個好人，若爲了獨角獸的賞金去抓一個小女孩，等恢復記憶後或許會爲此後悔終生——但是！既然可以僱用，那就完全沒有問題啦。

不用抓小女孩還是照樣可以捉獨角獸，既對得起良心也對得起愛錢心，眞是兩全其美的好主意，以後我一定要跟亞奇好好學習！

下定決心後，我對亞奇笑了笑表達友善，方便日後的請教學習，但不知怎麼著，他卻回了一個非常淫賤的笑容。

「知道了，讓你去僱用小女孩就是了嘛。」亞奇搖頭嘆氣，露出一副「眞拿你沒辦法」的姿態，緊接著又用淫賤的表情對我眨了眨眼，心照不宣地低聲說：「兄弟，我對你可夠好了吧？給我療傷的時候你可要多用點心呀！」

……也許還是不該跟這傢伙學習。

「不行！」優娜立刻反對，十分堅持地說：「我和希貝兒去僱用小女孩。」

「那就這麼決定！」伍德洛立刻一口答應下來，直接分派起工作。

「優娜和希貝兒去僱用女孩；亞奇，你繼續打聽消息；我去準備捕捉獨角獸的工具；伊果你……和格里西亞先在城裡簡單搜尋一下。」

我看向伊果，客套地說：「請多多指教了。」

「沒問題！好兄弟。」

伊果大力搭上我的肩頭，三分豪氣加上兩分悲情地說：「陪我把劍和皮甲送修，然後我們就去喝兩杯！」

「呃？」我愣了一愣，不安地問：「但是我們該展開搜尋工作。」

我看向其他隊友，眾人已紛紛動身離開，看來是要去做分派的工作，但他們絕對聽見伊果說的話了，這樣大剌剌地怠工不太好吧？

伊果理所當然地說：「路上看看就好，酒館不就是打聽消息的好地方嘛！」

聽見這話，我不知該做什麼反應，只好轉頭看向伍德洛。

伍德洛此時都走到門口了，注意到我以後就笑笑解釋：「不要緊，搜尋不是戰士的職責，我只是讓伊果順便打聽一下而已，沒真的要他去搜尋。同時，搜尋也不是祭司的職責，所以你就陪伊果去酒館，順便去吃點東西吧！你睡了這麼久，雖然有喝一些糖水，不過那恐怕只能勉強塞牙縫，現在應該很餓吧！」

祭司就是在旁邊納涼的人。

我腦中突然自動將伍德洛的話轉化成這個意思，雖然有點懷疑這也是「常識」

嗎？

「走了，格西里亞，陪我喝一杯……」伊果說到這，突然有點懷疑地看過來，遲疑地問：「就喝一杯的話，你應該不會醉吧？你這模樣看起來好像不太會喝酒。」

本已走出門口的伍德洛又探頭進房間，出聲警告：「伊果，格里西亞酒量不好就別逼他喝，小酌沒關係，但醉倒的話就不行了，你知道規矩的。」

「知道了，真掃興。」伊果不滿地咕噥。

酒！

一聽到這個字我就忍不住舔舔嘴唇，自己或許不是不會喝酒的人？

♣♣♣

走在街道上，雖然是夜晚時分，城裡卻還是很熱鬧，看來這是座不小的城市。

街道人來人往，兩邊還有很多小攤子，商品五花八門，各種屬性參雜在一起，讓我拼湊得非常辛苦，但拼出原貌的時候還真有成就感，就像將八萬片拼圖成功拼完，有種想要痛哭流涕的感動。

「格西里亞！」伊果突然大喊。

咚！

我眼前發黑，頭痛到只能蹲下來用雙手抱著腦袋不放。

「我的媽呀！這麼大根柱子，你都能眼睛不眨地撞上去？」伊果不敢置信地喊：「你一雙眼睛那麼大，都看哪裡去啦？」

原來是撞到柱子了，難怪這麼痛！我有點惱羞成怒地低吼：「東西太多了，我來不及拼嘛！」

「拼？」伊果呆呆地反問：「這啥意思啊？」

「眞的好痛，痛死我了。」我抱著頭哀號，這一下撞得太用力，腦袋好像快爆開了。

「你把柱子都撞出縫了，不痛才有鬼。」伊果催促著說：「你是祭司，自己治一治，治完咱們就快走，滿街的人都在看啦！」

自己治一治？雖然打從醒來就被說是祭司，但我這個失憶人連名字都是猜的，根本不知道治癒術該怎麼做。

「初級治癒術。」

嗯？我一愣，正想找找是誰喊的這話，光屬性卻已經聚集在周圍，轉化成……聖光？對，這應該叫作「聖光」，接著這些聖光全往我的腦袋裡鑽，鑽得越多頭也就越不痛。

我恍然大悟，原來治癒術就是這樣做的，那簡單嘛！

這時，有個陌生的聲音哈哈大笑地說：「哈哈！伊果，我還以爲你就已經夠蠢了，沒想到你的朋友更蠢，居然走路走到把柱子都撞裂了。」

「什麼？我才不會蠢到撞柱子——格里西亞也不蠢！」

伊果吼到一半發現不太對，連忙轉頭對我解釋：「你不蠢呀，就是重傷剛好沒多久，反應有點慢，才會連那麼大根柱子都沒注意到，居然就這樣撞上去。」

你不解釋我還不在意，一解釋完，我就想抓住你的頭朝柱子上撞！

「你還好嗎？剛才的治癒術有完全治好你的傷嗎？」

一個挺溫柔的聲音對我關心說道，只可惜，這是一個男人的聲音。

我還來不及回答，之前那個大笑說蠢的陌生聲音又開口了。

「凱里，你幹嘛浪費一個治癒術？」對方沒好氣地說：「就算是初級治癒術，你一天也只能用上五次。」

凱里、聲音溫柔到讓人有點起雞皮疙瘩的傢伙，開口說：「不要緊的吧，最近幾天還不會出城，不會用上治癒術的。」

我仔細觀察對方。雖然說話的人只有兩個，但其實對方總共有四個人，看起來像是一支隊伍。

一開始跟伊果說話的傢伙似乎也是個戰士，他的風屬性略高，應該是速度型戰士，至於施展治癒術的人不用說當然是個祭司，他理所當然地散發著光屬性，但卻遠不如我的光屬性高。

這是代表我比他更強嗎？

敏捷型戰士面對著我，嘴裡卻是在問伊果：「伊果，這好像不是你的隊友吧？」

伊果立刻說：「這當然是我隊友，剛加入的，格里西亞是個祭司。」

「祭司？」戰士的聲音聽起來有點驚訝，疑惑地問：「你們不是已經有優娜這個戰神祭司了？」

伊果用炫耀的語氣說：「格里西亞是光明祭司，就和你家的娘娘腔凱里一樣。」

誰跟娘娘腔一樣呀！

對方的女盜賊怒吼：「你又說凱里是娘娘腔，他只是很溫柔！你再說他是娘娘腔，我就跟優娜說你以前追過多少女人！」

伊果臉色大變，立刻連連求饒，又哭喪著臉向凱里道歉。

凱里輕笑表示不介意，隨後轉頭好奇地問：「原來是光明神殿的同伴嗎？」

「怎麼可能！」

除了凱里外的三人一臉都是不相信，其中的女盜賊更開口懷疑：「伊果你們該不會被騙了吧？光明祭司才沒有這麼容易加入冒險隊，要不是凱里跟我是青梅竹馬，他才不會加入我們。」

伊果大力搖頭說：「絕對沒被騙！格里西亞的治癒術很厲害的！」

「眞的嗎？」凱里有些驚喜地說：「你看起來很年輕呢！這麼年輕就很厲害，眞是了不起，你是什麼等級的祭司？」

等級？我怎麼會知道，就連祭司這職業都是別人告訴我的，而祭司還有分階級這件事情更是現在才聽說，但這麼一說，還眞有點好奇自己是哪個等級的祭司。

「格里西亞不用唸咒語就可以用治癒術啦！」伊果好奇地問：「娘娘——凱里！你說他是什麼等級的啊？」

女盜賊收回狠瞪。

「不須唸咒語!?」凱里用略高亢的聲音尖叫，嚇了所有人一跳。

好一會兒後，他才吞吞吐吐地說：「這、這個嘛，一般來說都是要唸咒語的，不過如果初級治癒術用得熟練的話，或許可以不需要咒語吧！說不定紅衣主教可能就可以做到吧……」

「紅衣主教？」我不解地問：「那是什麼等級？」

凱里無言了一陣，勉強地說：「紅衣主教屬於高階祭司，但他們是僅次於教皇陛下、光祭司和明祭司的大主教，不能算作是一般高階祭司，你連紅衣主教都不知道嗎？你真的是祭司嗎？」

我老實回答：「我也不確定是不是。」

「不確定？」凱里似乎沒預料到這種答案，一時不知該作何反應，他遲疑地問：「你的意思是你還沒通過神殿審核，還是實習祭司嗎？」

「不是不是！」伊果搶著說：「格里西亞他是失憶了。」

「失憶？」

對方四人都露出不敢置信的表情，就和伍德洛他們幾個剛聽到的時候一模一樣，看來失憶應該是件很罕見的事情，偏偏就被自己碰上了。

凱里仔細端詳著我的臉，最後還是搖頭道：「我去過不少神殿分部，但都沒有見過你，你的容貌很特別，如果曾經見過是不會忘記的，我也沒有聽過哪位祭司的名字叫作格里西亞。」

聞言，我還真的感覺有點失望，如果有人認識自己，那應該可以更快找回同伴吧！

雖然很失望，但我還是客氣地回答：「有那麼多光明祭司，你沒看過我也是正常的。」

「很抱歉沒有幫上忙。」凱里帶著歉意，建議：「也許你該去神殿試試看，我們在成爲正式祭司之前都要巡迴至少三座光明神殿分殿，大部分祭司都會想離光明神殿總殿越近越好，所以只要沿著總殿的方向拜訪神殿分部，一定會遇到認識你的祭司。」

祭司巡迴、神殿分殿和光明神殿總殿，眞是知道好多有用的消息，這名光明祭司果眞如女盜賊所說的是個好人！

凱里擔憂地看著我說：「但基辛格王國完全沒有光明神殿分殿，你得往北前往忘響國，就算是隔壁的月蘭國也有一些神殿分殿。」

我連忙問：「那你剛才說的光明神殿總殿在哪裡呢？」

「忘響國的首都葉芽城。」

「感謝你的資訊。」

我點頭表達感激，等拿到獨角獸的賞金就慫恿伍德洛他們陪我去一趟忘響國，最好是一路到葉芽城，就不信還找不到認識我的人！

但他們肯去嗎？

想想優娜和希貝兒描述我那名失憶前的騎士同伴，英俊優雅風度翩翩是個好人，問題應該不大，最多承諾她們摸摸胸和腰。

♣♣♣

我仰著頭直接把一罐酒全都灌進喉嚨裡後，這才滿意地抹了抹嘴。

桌子對面，伊果目瞪口呆地看著我，直喊：「格里西亞，別喝啦，你已經喝掉第三瓶酒啦！慘啦！要是伍德洛知道我讓你喝醉的話，這次他一定會宰掉我！」

我抬頭看向他，口齒清晰地唸：「吃葡萄不吐葡萄皮，不吃葡萄倒吐葡萄皮，你說誰醉了？」

「……好吧，你沒醉。」

伊果搔了搔臉，站起身來，說：「那你繼續喝吧，記住千萬別喝醉啊！伍德洛眞的生起氣罵人很難聽的，比亞奇的笑聲還恐怖！」

這麼厲害？我突然有點想聽聽看……

伊果拋下兩枚銀幣：「這錢給你付帳，我先把劍送去隔壁的武器店磨，之後做任務，你分到錢可要還我呀！」

我大驚，立刻把酒杯一丟：「那我不喝了！」

「……」

走出酒館後，我忿忿不平地抱怨：「一點酒而已，請我都不行呀？」

伊果瞪大眼喊：「那可不是一點酒，你喝了三瓶！那種酒一瓶要五十枚銅幣啊！

我只是叫一瓶來慶祝你入隊，誰讓你偷叫兩瓶！」

雖然想繼續抱怨這也不過一枚半銀幣，但卻怎麼也說不出口，一瓶酒居然要五十枚銅幣！自己剛才居然就這麼喝掉一枚半銀幣，任務酬金都還沒拿到就先欠債！

獨角獸，你在哪裡？

我的一百枚金幣，你在哪？

這時，伊果哈哈大笑地說：「不過還真看不出來你居然這麼能喝！可惜現在要做任務，不能陪你痛快地喝，等改天沒有任務，我們哥倆再來喝他個爽快！」

我興奮地反問：「你請我？」

「……你真的不是普通小氣，比亞奇這個盜賊都還愛錢。」伊果無奈完後爽快地說：「喝輸的人請客，怎麼樣？」

「沒問題！」

雖然失憶不了解自己到底能喝多少酒，不過卻有一股莫名的信心，別的不敢說，比酒量絕對不可能輸給任何人！

伊果繼續絮絮叨叨：「等到武器店，我得跟老闆砍砍價，你對武器沒興趣吧？無聊的話，對街有法杖店，你可以去挑支新的法杖，錢能夠先由隊費出，以後再從你的酬勞扣——我說啊！你的表情該不會是說要自己出錢的話就不買了吧？」

我大力點頭。

伊果哭笑不得地說：「隊裡的祭司不能沒有法杖吧？唉，算了，你還是先跟我進武器店，等等再一起去法杖店，不然你現在失憶，我眞怕你讓老闆坑了……呃！好像也不太可能，你愛錢愛到好像連自己失憶都可以不記得，我都覺得你是裝的啦！」

我鄭重地聲明：「我是眞的失憶了。」

「看不出來，你好像一點都不擔心嘛！」

我聳了聳肩說：「我只是覺得沒什麼好擔心的，既然有同伴，他們總會來找我的吧，就算一時半刻找不到人，一個搶手的祭司也不至於餓死。」

伊果點頭贊同：「祭司絕對餓不死！」

「那你當初爲什麼選擇當戰士呢？」

選錯職業聽起來就是一件很慘的事，既然有祭司這麼好的職業，幹嘛當戰士啊？

伊果沒好氣地說：「你以爲誰都能當祭司嗎？」

嗯？不是誰都能當嗎？我不解地問：「優娜不也是祭司嗎？」

「那不一樣！她是戰神祭司。」

「有什麼差別？」

「戰神祭司不會治癒術。」

眞是簡單明瞭的差別，看來治癒術不是很多人都會的技能，我更放心了。

閒聊之際，我們抵達武器店。

「歡迎光臨。」

一踏進武器店，老闆熱情上前，他那雙精明的小眼睛朝我和伊果一掃，直接就跟伊果打起招呼，完全沒把我看在眼裡。

這該說他是勢利眼還是有眼光呢？居然一看就知道我不是用劍的職業，連聲招呼都懶得打。

看伊果和老闆聊得起勁，我只好自己在武器舖四處走走，放眼望去，店內絕大多數的武器還是劍和刀，「劍」這種武器聽起來實在耳熟得很，反倒是「法杖」陌生很多，自己眞的是使用法杖的嗎？

我忍不住拿起一把劍，熟練地揮舞兩下，感覺挺順手的嘛，說不定其實我根本是用劍的——咦！劍呢？

我迷惘地看著空空如也的雙手，剛才不是還握在手上嗎？怎麼揮兩下就不見了？

「啊！」伊果突然大叫一聲，還伴隨著清脆的金屬落地聲。

原來手上的劍飛出去了，還準確地擊中伊果的後腦勺，還好是劍柄那端砸中，不然、不然我就得試試自己的治癒術到底有多強了。

「格里西亞，你拿什麼東西砸我——幹！」

伊果吃痛地摸著頭，轉過身看見地上的劍後，他瞬間用難以置信的表情看向我。

我立刻做出世界上最無辜的表情，用無比誠懇的語氣懺悔：「對不起，我一時手滑了，眞不是故意的。」

「你的手滑差點要我的老命！祭司！不准再碰任何一把劍。」

伊果氣呼呼地吼完就回過頭去繼續和老闆討價還價。

好險，還好這傢伙個性大剌剌的不太計較！

我走過去把劍撿起來乖乖放回原位，之後再也不敢碰任何一樣武器。

想來自己的武器應該眞的是一支法杖吧，最起碼法杖就算失手飛出去砸到人也不會出人命，最多耗一個治癒術。

不能摸任何東西讓我感覺十分無聊，再看看伊果和老闆爭論的那個熱絡勁，恐怕他們還能討價還價上好一段時間，我乾脆對伊果喊了一聲：「伊果，我先過去看法杖好了。」

「嗯，不過先別買呀！」伊果頭也不回地回答我。

「好。」

我答應後就走出武器店，略一找尋，發現對面有家店舖，店門口的兩側都掛著木頭刻的假法杖，應該就是那家沒錯了。

我邁步走向對街，卻猛然感覺到身後衣角被人拉住。

誰？

我心頭一驚，怎麼可能有人突然從這麼近的距離冒出來，我明明就可以看見四面八方所有的東西，沒有人可以偷偷摸到這麼近的距離卻不被我發現！

我謹慎地轉身面對來人，然後就再也警戒不起來了，因爲拉住衣角的那人身高甚至都沒到我的胸口！還有著一張可愛的圓臉蛋、長髮留到腰間，穿著蓬蓬裙，完全是一個可愛的小女孩。

或許剛才只是太專注在找法杖店，一時沒注意到她吧？

懷著些許疑慮，我低頭看著她，用溫柔的語氣開口問：「哈囉，妳叫什麼名字？」

小女孩怯生生地回答：「紅詩。」

紅詩？眞是奇怪的名字。我更進一步詢問：「那麼紅詩找大哥哥有什麼事呢？」

「……大哥哥，你跟我來！」

紅詩突然不拉衣角了，改用雙手拉住我的右手，竟然就這樣硬生生要拖著我走。

我連忙阻止：「等、等一下，大哥哥在等同伴，所以不能跟妳走。」

紅詩卻不肯放棄，只固執地想拉動我，同時嘴裡還不停喊：「跟我來、跟我來！」

我當然不會被這麼一個小女孩拉走，就算自己是祭司也沒那麼無力，但紅詩卻很堅持怎麼樣都不肯放手，我倆就這麼僵持了好一會後，紅詩那雙開始充滿水屬性的眼睛成功擊敗我。

我只好先帶著她回到武器店，朝店裡看了一下，伊果仍舊在和老闆討價還價，而且看來短時間內是不會結束的。

我對他喊：「伊果，我先離開一下，等會法杖店見，好嗎？」

「好。」伊果頭也沒回地說完，又和店老闆繼續吵著什麼買劍送打磨舊劍服務，老闆硬是不鬆口，只願意打磨半價。

報備過後，我雙手抱胸低頭面對紅詩，說：「好啦！現在我是妳的了，想帶我去哪都隨妳，高興了吧？」

紅詩立刻笑了出來，眼中的水屬性也消失無蹤。

接下來，我就這麼一路被紅詩拉著走過許多條街道，幸好我早就發現自己的記性很不錯，就算左轉三次、右彎五次，再走進五岔路口的左邊數來第三條路等等硬生生把一般街道走成迷宮，自己還是記得所有路線，不怕找不到路回去。

雖然記得路，但這麼越走越遠可不行，我還得回去找獨角獸——不是，是找伊果呢！

我好奇地問：「紅詩，妳要帶我去哪？」

沒有回答，紅詩發出一串銀鈴笑聲，拉著我再次轉進一條小路後，終於停下腳步，小女孩比向前方一幢建築物的底下，輕聲說：「大哥哥自己看吧！」

我朝著紅詩比的方向「看」過去，直接穿透建築也穿過地面，一眼看見目標，因爲失憶，我根本不知道自己有沒有看過這玩意兒，但我卻第一時間就知道那是什麼——

那是一隻獨角獸。

牠靜靜待在一幢房子的地下室裡，通體的光屬性高得驚人，雖然有許許多多屬性阻隔在我和牠之間，但我還是清楚看見牠的形體。

獨角獸的外形確實很像馬，但更加纖細優雅，還有一個最明顯的區別是牠前額正中央的那根角，角的光屬性強得讓我產生無法長時間「注視」的錯覺，而且因爲光屬性太濃烈，導致形狀有些模糊不清。

這時，牠突然抬起頭來看向我的方向——不！牠正看著「我」。

牠看著我，一如我看著牠。

好一會兒後，我才從初見獨角獸的震驚中回過神來，低下頭問：「紅詩，是牠讓妳來找我的嗎？紅詩？」

身邊哪還有什麼小女孩，這偏遠的小街甚至沒有路過的行人。

我愣了一愣，卻沒有太過驚訝，畢竟自己現在是個失憶的人，有太多事情不記得了，或許變出一名小女孩引誘路人是獨角獸的特殊技能吧。

我朝著獨角獸所在的屋子走去，這間房屋外觀非常破敗，大門也沒上鎖，滿室都是蜘蛛網，地面積滿灰塵，像是有幾百年沒人踏進來，難怪如今滿城都在找獨角獸，卻沒有任何人想要進來搜尋這個地方，這獨角獸到底怎麼下到地下室的？不管了，先去看看牠再說！

隨著我逐漸接近，獨角獸竟站起來了，牠先是輕輕跺了跺腳，隨後像是越來越激動，不斷在地下室繞圈子，簡直比我這個發現一百枚金幣的傢伙還興奮。

我加快腳步，無視滿室髒污，很快找到下去的樓梯，一口氣衝到獨角獸所在的地下室。

地下室不算大，牠距離我只有五步遠，又很快自己踏著輕快的步伐過來，直接站在我的面前。

雖然我連希貝兒漂不漂亮都分辨不出來，卻能知道眼前的這頭獨角獸必定擁有非凡的美麗，牠渾身雪白優雅——等等，雪白？我對雪還有點印象，應該是水凝結成的東西，但「白」是什麼？

這時，獨角獸突然又踏近一步，我遲疑了下還是沒有後退，總感覺牠沒有惡意。

果不其然，獨角獸親暱地用頭拱了拱我。

「你真的很喜歡我，對吧？」

我笑著說完，不再顧慮直接伸出手輕撫著牠的脖子側邊，而牠輕輕蹭著手掌，看起來很享受的樣子，最後居然還低頭舔起我的手來。

「癢死我了，別這樣，哈哈哈！你不是只喜歡處女嗎？我又不是處……」

等一等！我猛然停下話來。

難道說自己是純潔無瑕的——處男嗎!?

這時，獨角獸更親暱地把牠的整顆頭都窩進我的胸前不停磨蹭。

我大驚：「死馬，走開！我絕對不是處男！」

獨角獸直接舔上我的臉。

混蛋，難道我真的純潔到連獨角獸都想舔全身嗎？

「對了！說不定，其實我今年才十八歲吧？」

我找出理由喃喃自語：「年輕這麼輕，就算是處男也不奇怪吧？對！沒錯，我一定只有十八歲，不！說不定是十六歲吧？」

一定是這樣沒有錯！

屠龍第三招

「籌措旅途資金」

等我匆匆趕回武器店時，伊果早就不在了，連法杖店都找不到人，大概是等得不耐煩就回去了吧，我只好又走回旅店，再次慶幸自己的記憶力眞是誇張地好。

一打開門，伊果果然回來了，連其他人都在，一個不落。

「你到底跑去哪啦？」

一看見我，伊果就沒好氣地抱怨：「失憶的傢伙不要到處亂跑啊，我們以爲你被人拐走啦！還害我被伍德洛罵了一通！」

我沒理會他，想了想女人應該比男人更擅長判斷年齡，立刻看向希貝兒，開口問：「希貝兒，我看起來幾歲？」

「呃？」

正在整理繩網套索等物的希貝兒愣了一下，連其他人都停下手邊工作，抬起頭來看著我。

我十分認眞地看著希貝兒，她才意識到這是個嚴肅而認眞的問題，走過來皺眉仔細端詳我的臉，這才十分肯定地說：「大概二十二、三歲左右吧，最多不會超過二十五。」

可惡！我進一步地詢問：「那我有沒有可能是十八歲？」

「不可能！」希貝兒一口否決。

怎麼會是不可能呢？我轉過頭帶著最後一點希望問：「優娜，那妳覺得呢？」

優娜有點莫名地說：「我覺得希貝兒說的沒有錯呀！你大概就是二十二、三歲左右的年紀吧。」

我沉默下來。自己是個二十二、二十三，最多甚至有可能是二十五歲的處男，這都還不如是個壞人呢！

「格里西亞？」優娜溫柔地問：「你覺得自己的年紀更小些嗎？那也不要緊，總是有人長得比較成熟，不過十八歲似乎有點不太可能，也許是二十歲吧？」

「啊！」希貝兒突然驚呼了一聲，然後看向門口。

躲在門外的獨角獸已迫不及待地踩著蹄衝到我身邊，牠不安地小跺腳，情緒顯然有些緊繃，雪白馬軀緊緊靠著我，卻十分警戒地看著周圍的人，似乎我是牠唯一信賴的人類。

眾人都瞪大眼，驚訝到說不出話來。

「你、你怎麼找到獨角獸的？」伍德洛驚訝到都結巴了。

我卻一點欣喜的感覺都沒有，意興闌珊地說：「不是我找到牠，是牠找到我。」

而且這傢伙還有特殊的隱身能力，我本來還不知道該怎麼帶牠回來，通體雪白的馬太顯眼了，牠的賞金又這麼高，一帶出來肯定有人會動手行搶，根本不管是誰先找到的，能成功帶去領賞才是最終贏家。

所以我本想讓獨角獸先待在地下室，但一通吩咐果然是對馬彈琴，我一出地下室，這傢伙就跟著來了。

幸好牠不知道有什麼古怪能力，只是走在陰影下，一路回來居然都沒被人發現，但這能力也有侷限，根據一路觀察，大致有「不能正眼對上」、「不能碰觸」，而且「對小孩無用」這幾個限制。

我不得不瞪了好幾個驚呼的小孩、敲暈一個被馬踩中的醉漢，才成功把馬帶回來。

這獨角獸的隱匿能力還比不上白、白……白什麼？我皺了下眉頭，想不出自己到底想說什麼，失憶眞是麻煩。

這時，希貝兒和優娜走過來忍不住伸手想碰碰獨角獸，卻被牠一偏頭閃過去了。

獨角獸躲到我身後還拚命用頭磨蹭我的背，可能是希貝兒和優娜的舉動讓牠更不安了，牠頻頻用蹄子跺地，鼻子還大力噴氣，我只好摸著馬頭安撫。

摸著摸著好不容易才讓獨角獸平靜下來，但其他人怎麼這麼安靜？

伊果呆愣地說：「獨角獸不是只碰處女嗎？」

我一僵，脫口否認：「我不是處男——啊！」

完了！

大家都一臉呆愣，先看了看我又扭頭看了看獨角獸。

後者一沒被摸摸就不高興了，正把馬頭往我懷裡拚命蹭，我努力想把牠推開，但人力終究比不過馬力，牠的頭還是不停磨蹭我的腰，這匹死馬！

這時，希貝兒第一個「噗嗤」笑了出來。

優娜偏過頭去，用長髮擋住自己的臉，但肩膀卻一直在抖動。

伊果毫不客氣地抱著肚子大笑特笑。

伍德洛努力想忍住不笑，忍到五官都扭曲變形，最後還是笑了出來。

亞奇面露同情，拍著我的肩膀安慰道：「兄弟，你失憶搞不好是件好事呀，哈哈哈！二十五歲的處男——哈哈哈！」

安慰到最後，他一口氣爆笑出來，聲音就像一百座鐘樓同時響起，幸好我這次有心理準備早早摀住耳朵，倒是其他人因爲正在笑，沒反應過來，所以根本來不及摀耳，每個人都抱頭扶額被震得一副頭痛欲裂的樣子。

哼哼，活該！

等到亞奇笑完，我放下摀耳的手立刻大力反駁：「什麼二十五歲！根據希貝兒的猜測，我可能也才二十三歲啊！優娜還說我可能只有二十歲，沒錯！我一定是二十歲。」

這時，獨角獸突然舔了我的手一把，我立刻抽回手，一巴掌就朝牠的馬頭呼下去，正頭痛中的眾人爲此驚呼了一下，但這隻死馬卻不痛不癢，還繼續拱著我的腰撒嬌想要舔舔，可惡！

你這隻該死的、只愛處女的好色獨角獸，離我遠一點！

我絕對不是處男~~

推拉著馬頭時，我聽見伍德洛咳了幾聲，開口說：「既然格里西亞已經把獨角獸帶回來了——」

「噗！哈哈哈！」

話才認眞說到一半，旁邊又傳來希貝兒的笑聲，還笑到眼淚都掉出來，緊接著伊果也笑起來，我連忙做好捂耳朵的準備，免得又被盜賊的笑聲暴擊。

亞奇卻沒有爆笑出聲，而是帶著一臉淫蕩的笑容，用手勾住我的肩膀說：「別說我不照顧你，下次帶你去開葷，脫離處男的行列，嘿嘿嘿！」

「我不是處男！」我大力抗議。

聽到這聲抗議後，亞奇卻只是嘿嘿笑著不回應，這該死的傢伙！

幸好這時，伍德洛這唯一認眞的傢伙說：「既然已經找到獨角獸了，那我們就去領賞吧！省得夜長夢多，若是有其他隊伍想硬搶，那可就糟糕了，我們人太少，根本守不住牠。」

「領什麼賞，我反對！」我沒好氣地回答。

「別生氣，格里西亞。」伍德洛苦笑：「大家不是有意笑你的，只是開玩笑。」

「我沒生氣。」我淡淡一笑，解釋：「是真的不去領賞。」

希貝兒的笑聲戛然停止，伍德洛沉默下來，伊果抓了抓頭，優娜滿臉不解。

亞奇有點警戒地問：「你該不會是想留著自己騎吧？」

他一邊問一邊擺出起跑的姿勢，似乎有點想衝過來牢牢抓住獨角獸，免得被我獨吞了。

但我一點也不擔心，獨角獸根本死纏著我不放，只要我以外的人想接近牠，牠就會低下頭用角指著對方，那根光屬性的角還會凝聚更強的光，這麼強的屬性要是真轟在人身上，即使是失憶的人都知道肯定不是好事。

所以亞奇就算擺出姿勢，卻又不敢真的靠近獨角獸。

「我是祭司，又不是騎士，沒事養匹馬幹嘛？」

我對亞奇翻了翻白眼後，仔細跟眾人解釋：「既然冒險者公會肯出五百枚金幣來懸賞這隻獨角獸，這代表什麼事情呢？」

「獨角獸的價值遠高於五百枚金幣。」

伍德洛回答完後，搖頭說：「這個我們也明白，不過沒有一支正常的冒險隊會偷偷把獨角獸運出城外，因爲每個城門都有冒險者公會的人守著，而且不管有沒有成功，接下來都會被公會列爲拒絕往來戶，甚至會被通緝！」

我理所當然地說：「那就不要被公會發現是我們幹的不就好了？」

「這……」伍德洛啞口無言。

「怎麼可能不被發現呢？」優娜生氣地喊：「格里西亞，你又在胡鬧了。」

胡鬧？我愣了一愣，這名詞還眞耳熟，該不會是哪個人也常說我胡鬧吧？

「等等，搞不好眞的可行呀！」亞奇插嘴說：「我們可以蒙面去做。」

「蒙面？」伍德洛喃喃。

蒙面？我愣了一愣，這是指用屬性來掩蓋面容嗎？雖然自己也差不多是這樣的意思，卻不知道這叫作「蒙面」，這詞倒是挺貼切的。

「不行！」優娜強力反對，還怒瞪著我直喊：「不可以做壞事，格里西亞，你是最良善的光明祭司。」

希貝兒露出遲疑的眼神，但她偷看優娜生氣的面容一眼後，吞吞吐吐地應和：「嗯，這樣好像不太好耶。」

伍德洛也是偷瞄優娜一眼，搖頭說：「不妥不妥！」

我不管大家出言反對，轉向亞奇直截了當地問：「亞奇，你覺得獨角獸的確切價值是多少？」

被問到的亞奇也看向優娜，怎麼其實伍德洛只是明面上的隊長，優娜才是這隊伍的眞隊長嗎？

頂著優娜的怒瞪，亞奇雖遲疑卻還是呑呑吐吐地說：「聽說冒險者公會其實是想把獨角獸獻給渾沌神殿的沉默之鷹，沒有打算拿去拍賣，不過如果眞要賣的話，根據一些黑市拍賣會的小道消息，起碼……」

眾人都拉長耳朵，我故意抬高音調問：「起碼多少？」

「起碼五千枚金幣起跳吧，畢竟是很少捕獲的獨角獸，除了傳說以外，沒聽過誰騎獨角獸，這獨一份的事肯定能賣高價。」

什麼！我瞬間揪住亞奇的衣領，驚喊：「五千枚金幣？」

亞奇嚇了一跳，反問：「你不是知道嗎？」

我哪知道呀！

只是猜想這匹死馬肯定很值錢，絕對不只五百金幣，誰知道居然是這種值錢法！

這可是五千枚金幣！足足比冒險者公會出的懸賞金額多出十倍，而且這還是「起碼」的價錢而已，也就是說只會多不會少啊！

「五千枚金幣！」

我努力幻想五千枚金幣的模樣，卻發現自己對於這個數量的金幣根本一點概念也沒有，別說五千枚，我連一百枚金幣是什麼模樣都想像不出來！

難不成失憶前我竟然是個窮鬼嗎？

希貝兒尖叫起來：「五、五千枚金幣！好多錢呀！」

優娜喃喃自語：「五千枚……我這輩子都買不起的戰神光輝法杖也才三百枚金幣。」

被金幣量震撼到開始起心思的眾人看向隊長伍德洛，後者也一臉恍惚，發現隊友都盯著他，伍德洛連忙說：「別看我呀，又不是我提出的，要看也要看格里西亞！」

眾人齊齊轉頭看向我，我先對他們露出一個溫和的笑容，安撫眾人緊張不安的情緒，然後才開口勸說。

「對獨角獸來說，被賣給誰不都一樣嗎？而且你們看牠這麼喜歡我，一定寧願待在我身邊也不想去冒險者公會那裡吧？如果我們帶牠走，牠也會因爲能夠多待在我身邊一下而感到高興的，這樣對獨角獸來說不也是件好事嗎？怎麼會是壞事呢？」

我摸了摸獨角獸的頭，笑著對牠說：「對吧？可愛的金——獨角獸。」

這匹死馬毫不客氣地伸出大舌頭猛舔我的手，留下一手的口水，不知道獨角獸的口水值不值錢？照牠五千枚金幣的身價來看，說不定連口水都能賣上一枚金幣！

伍德洛感嘆道：「這麼說起來，獨角獸是真的很喜歡你。」

優娜狠狠地瞪了他一眼，不高興地說：「伍德洛，別聽格里西亞胡說！」

亞奇已經兩眼瞪大成金幣狀，在計算自己能拿到的錢：「五百枚變五千枚，那不就等於一個人可以分五百枚金幣嗎？」

「你是怎麼算的？」我沒好氣地說：「五千枚金幣扣掉我的兩成，再扣去當作隊費的兩成後你們五個人平分，應該是六百四十枚金幣，如果你想把一百四十枚送給我，我也不反對。」

「你一個人就拿走一千枚金幣，還想坑我的錢？」亞奇心痛地高喊：「你簡直比我還適合當個盜賊呀！」

「六百四十枚金幣！」希貝兒一臉快暈厥的表情。

聞言，優娜露出暈眩的神色，不斷喃喃：「戰神光輝法杖、不能做壞事、戰神光輝……」

見大家動搖得差不多，我又推他們一把，說：「既然獨角獸會開心、我開心、你們也開心，大家都很開心，何樂而不爲呢？」

至於冒險者公會及原本會收到獨角獸的沉默之鷹大概會不開心吧？但那就不關我

的事了，反正我也不認識這些人，他們開不開心不重要。

眾人表情都顯得很心動，卻又明知這是不對的，一個個垂死掙扎，尤其是優娜，她不斷喃喃「戰神光輝法杖」和「壞事」這兩個詞，喃喃到最後只剩下「戰神光輝法杖」，「壞事」兩個字不知道丟哪去了。

最後，她顫抖著說：「格里西亞，你、你一定不是光明祭司，你根本是魔鬼吧！」

「怎麼這麼說呢！」

我爆出最燦爛的笑容，用著最無辜的語氣說：「妳看，連純潔的獨角獸都喜愛我呢！我當然是最悲天憫人、純潔無辜的光明祭司呀！」

「我們一定是撿到一隻魔鬼了！」伍德洛在一旁喃喃自語：「而且魔鬼的等級還高到連獨角獸都不得不對他搖尾乞憐。」

我自動忽略伍德洛的話，對眾人說：「如果大家對於五百枚金幣的興趣沒有五千枚金幣高的話，那我們現在就該開始討論對策了，畢竟一隻獨角獸不可能一直藏在這裡不被發現。」

大家沉默下來，卻沒有人再出言反對，看來是已經屈服在五千枚金幣的誘惑之下。

確認完畢所有人的意願，我舉起食指，接著說下去：「第一點，你們要思考的問題是怎麼把獨角獸運出去。」

「等等！什麼叫作『你們』要思考的問題？」希貝兒立刻不服氣地說：「我們思考問題，那你要做什麼呀？」

我兩手一攤無奈地說：「我可是個失憶的人，從醒來到現在連祭司的技能都沒有用過一次，所以我想先測試一下自己的能力，免得到時幫不上忙還扯大家後腿。」

聞言，希貝兒有點不甘願地「喔」了一聲，其他人也都點頭同意。

「格里西亞，你試試看能不能施展『神翼術』，那是增加速度用的輔助神術，對於逃出城應該是滿有用的技能。」

優娜仔細跟我解說：「還有『聖光護體』，這兩個技能的功用分別是增加速度和抗打擊，我們戰神祭司都是著重增強戰力的神術，比較不擅長這兩種技能。但是，神翼術屬於比較難的神術，除了光屬性還得用上風屬性，所以不是每個光明祭司都會神翼術，這其實是成爲藍衣祭司才須必備的技能，你就試試，不會也沒關係。」

「藍衣祭司？」我不解地反問。

優娜解釋：「就是高階的光明祭司，因爲他們會在胸前掛兩條長長的藍色布飾，所以大家都叫他們藍衣祭司，要到大城市的神殿才看得到他們。」

「你覺得我是藍衣祭司？」我倒是不知道自己有這麼厲害，「你們上次看見我的時候有掛藍布條嗎？」

希貝兒插嘴道：「你根本連祭司袍都沒穿。」

優娜補充道：「我們也沒看見你拿法杖，就這麼直接施展治癒術，所以我猜你有可能是藍衣祭司。」

自己有這麼強嗎？我在心中默唸兩次神翼術，聽起來有點耳熟，搞不好眞的能施展。

「我盡力試試看。」

「那麼就先試著聚集光屬性吧！」

這完全沒有問題，因爲我的身邊總是聚集著很多光屬性，只隨手一招，光屬性就紛紛堆到手上來了。

這時，眾人根本沒有在討論逃出城的辦法，反而呆呆地看著我的手，我左右看了一看，挑中竟敢不等我就先回旅店的伊果當第一個測試者。

我一邊把手上那團光砸到伊果身上，一邊喊：「聖光護體！」

優娜嘆了口氣，說：「不是這樣的，格里西亞，你得先唸咒語。」

那團光圍繞住伊果後，我思考如果要用來防禦的話，應該要把光屬性弄得結實點吧？這樣蓬蓬鬆鬆的，看起來一拍就散，根本不可能抵禦刀劍。

我把那團光層層疊疊緊密壓成一塊大薄片，然後用這張大薄片把伊果整個包起來，就像是他穿上一件如紙般薄的鎧甲。

優娜突然驚呼：「戰神在上吶！」

「怎麼啦？」伊果哭喪著臉，嚇得動都不敢動，緊張萬分地喊：「優娜？他該不會做錯了吧？格里西亞！你到底又幹了什麼好事？」

我也嚇了一大跳，該不會眞的做錯了吧？可是看看伊果的狀況好像也沒有怎麼樣呀？他還在大聲哭嚷呢，只要還活著就不是大問題。

優娜卻沒有回答伊果，反而大叫：「亞奇！」

「是！」盜賊嚇得一個激靈。

優娜就像隊長般下命令：「攻擊伊果。」

「嘎？」

亞奇愣住了，事實上，全部的人包括我都愣住了。

「快！」

亞奇滿臉的莫名其妙，但在優娜的連聲催促下，他正要聽話地揮拳，伊果也一臉認命地要挨揍時，優娜卻又大叫：「不要用拳頭，用武器攻擊！」

「優娜妳、妳……」伊果都快哭了。

亞奇遲疑了，他放下拳頭，滿臉都寫著「我可不敢」。

這時，伍德洛突然仰天大吼一聲，整個人開始起大變化，全身長出毛髮，手掌擴張成大大的肉掌，掌上的五根粗硬黑爪讓我感覺頭皮都發麻了，如果被爪子拍到一掌的話，肯定會噴出不少東西。

最後，伍德洛完全變成一頭直立站著的大黑熊，胸口還有撮V字形的白毛。

我目瞪口呆，這是怎麼回事？伍德洛是人還是熊？

「伍德洛？」

伊果驚喊，臉色大變，但變成熊的伍德洛已經一爪子朝他拍去，打得他措手不及，當場側倒在地上，伍德洛卻還不肯放過他，用腳重重地朝他的頭踩下去……

現在到底是怎麼回事？爲什麼同伴突然開始自相殘殺？還是說這只是在鬧著玩？我該阻止嗎？

「你們到底在幹什麼呀？」

腦中亂糟糟的時候，幸好希貝兒開口說話了，她語氣略有些擔憂卻還是好奇的成分居多，似乎不怎麼擔心正被熊碾壓的伊果，這讓我鬆了一口氣，決定什麼都不做就看戲。

伍德洛亂踩一通後，終於願意從伊果身上下來，慢慢地變回人形。

伊果滿臉哀怨地爬起來，這時優娜彷彿終於良心發現，帶著關心的語氣問：「伊果，你沒事吧？」

「怎麼可能沒——」伊果伸手摸著腦袋抱怨到一半卻是滿臉困惑，在自己身上東看看西檢查後，驚奇地說：「沒事？怪了，真的一點都不痛！」

「真的嗎？伍德洛踩超大力的耶！」希貝兒立刻興奮地轉頭對我說：「格里西亞，我也要玩聖光護體。」

見到伊果還能摸頭傻笑的樣子，我總算放心了，聽見希貝兒的話後，順手又聚集光屬性壓成薄片，然後把希貝兒也包起來了。

「快、快！」被聖光整片包起來的希貝兒立刻興奮地直喊：「亞奇，快砍我——呃！先用拳頭打好了，我還是怕怕的。」

有了伊果的前例，亞奇這次可不再遲疑，毫不憐香惜玉地朝希貝兒揮出重重一拳，雖然希貝兒知道應該不會有事，卻還是忍不住閉上眼睛，一秒、兩秒、三秒……

希貝兒被亞奇的拳頭揍得連連後退，直到抵住牆壁才停下，她早就好奇張眼看著不斷奮力揮拳的亞奇，她興奮地驚呼：「不痛！真的一點也不痛耶！」

「當然不痛了。」

優娜帶著理所當然的語氣說：「這麼厚的聖光護體，就算使用鬥氣都不一定能破開它，如果格里西亞可以對我們所有人施展聖光護體，那我們根本不用想什麼對策，直接衝出城就好，城內會鬥氣的戰士可不多，就算是使用鬥氣也很難在短時間內破開這麼強的聖光護體，而我們又不會乖乖站著挨打。」

伍德洛搖了搖頭，說：「沒那麼簡單，優娜，妳也感覺到這層聖光護體有多強大了吧？讓格里西亞對我們全體施展聖光護體，這根本是不可能的事情——」

亞奇、優娜、伍德洛，最後是我自己，好！全部都上好聖光護體了。

接下來是神翼術，剛才聽優娜說好像是光屬性加上風屬性，唔，不知道要多少風屬性才夠？

眾人瞪大眼看著我的種種操作。

我把光屬性和風屬性「揉」在一起，這舉動卻惹得優娜尖叫連連，她直呼：「小心點，格里西亞，不同屬性混合在一起是很危險的舉動，如果弄不好是會爆炸的！」

聞言，眾人突然全都貼到門邊去了，一邊想要奪門而出，一邊又忍不住好奇心，從門邊偷偷看著我。

揉好了！我看向眾人，逃最遠的傢伙是亞奇，他幾乎有半個身體在房間外面。

很好！下一個實驗品就是他！

我把那團光與風屬性丟到亞奇身上，稍作調整，讓那團屬性大多數聚集在他的手腳上，尤其雙腳最多，既然是要增加速度，放在這兩個位置應該沒有錯吧？

這段期間，亞奇的手腳都抖到一副快抽筋的樣子，全部弄好以後，我才開口說：「亞奇，你跑跑看。」

亞奇哭喪著臉點頭，喃喃一句「願戰神保佑我」，做出起跑的動作，然後邁步……砰！

他一個起跑，只見一個人影閃過去，整個人就消失不見了，隨後是一聲不輸他嗓門的巨響，我們就看見房間牆壁出現一個人形大洞。

伊果和希貝兒的嘴都張成一個大圓，我則面無表情地看著那個人形大洞。

神翼術是光明神的神術，你求戰神這位和光明神關係一向不好的神祇保佑，這不是找死嗎？

希貝兒驚呼：「亞奇，你沒事吧？」

「沒事兒！」亞奇從破洞後方探頭出來，還滿臉笑嘻嘻地說：「一點都不痛呀。」

見狀，眾人都鬆了一口氣，優娜連忙對我說：「風屬性好像太多了。」

我點了點頭，心裡卻不贊同。

雖然貌似是風屬性太多導致速度過快，亞奇根本沒辦法控制才會直接撞牆，所以應該要少放一點風屬性才對，但不知怎麼著，我有一種感覺，這麼多的風屬性並沒有錯，只是亞奇沒有辦法掌握這麼快的速度而已。

如果有人能夠掌握這種速度，他就能靠著神翼術變得快如疾風，一個像風一樣快的人，對於那人的敵人來說，這對手絕對堪比一場風暴吧！

我調整幾次風屬性，分別爲眾人找到適當的程度，亞奇和希貝兒本就是速度型的職業，他們對於速度的掌控比較好，所以可以略多一些，伊果和伍德洛再少一點，優娜更少，而我自己……至少比優娜多！

光明祭司也是祭司，當然不是速度型的。

亞奇、希貝兒和伊果在房間裡奔來跑去，玩得不亦樂乎。

「五個人都加上聖光護體和神翼術，你的能力未免也太強了吧？不！爲了調整風屬性，你甚至還不停施展好幾次神翼術！」

優娜語氣顫抖地說：「你到底可以幫多少人加上神術？」

我自豪地笑著說：「就算是十二個人也沒有問題吧！」

聽到這數目，優娜愣住了，喃喃：「我眞不敢說不可能了，格里西亞你到底是誰？」

「光明祭司。」我回答完停頓一下，反問：「這不是妳說的嗎？」

優娜恍惚地說：「現在我眞不敢肯定了。」

「先不管我到底是誰了。」

雖然這個問題是挺重要的，但什麼也比不上帶著獨角獸逃跑來得重要，那可是我的一千枚金幣！失憶這種事都得靠後排。

「我們應該先趕快想個辦法逃出城吧？」

「唉！」伍德洛嘆了口氣，看著玩得不亦樂乎的三人，由衷地說：「根本不須要想什麼計畫，憑著神翼術和聖光護體後的速度和抗打擊能力，只要不被高階冒險者包圍，誰攔得下我們？」

「若是遇上高階冒險者呢？」我卻不能放心，繼續問：「這可是五千枚金幣，難道冒險者公會不會找高階冒險者去守城門嗎？」

伍德洛和優娜奇怪地看了我一眼，伍德洛搖搖頭說：「高階冒險者怎麼可能去守城門，他們個個都可以當這座小城鎮的指揮官級別了，你見過指揮官守城門的嗎？」

我啞口無言。高階冒險者原來這麼了不起嗎？

亞奇跑過來插話：「不用擔心，我今天看過了，守城門的帶隊人最多是中階冒險者。」

我看了看獨角獸，尤其是那根盈滿光屬性的角，突然有點懷疑所謂的中階冒險者能擋下牠嗎？再加上牠的隱匿能力……

我皺眉，總感覺哪裡不太對勁，但又覺得其他人對此都沒反應，或許光屬性就是沒什麼攻擊力呢？

伍德洛和優娜互看了一眼，後者笑著說：「那眞是太好了，中階冒險者根本不可能擋下我們，事情宜早不宜遲，我們乾脆直接騎馬衝出城吧！」

我點了點頭同意後看見貼在身旁的獨角獸，心中突然有股不安的感覺，連忙又問：「那誰負責跟在獨角獸身旁？」

伍德洛和優娜異口同聲地說：「當然是你啊！」

「什麼？我是祭司耶！」我立刻大力反對：「祭司就是要在後方納涼的呀！」

「你眞的失憶嗎？」伍德洛再次懷疑地問。

我堅定地點頭，失憶狀態下什麼是眞什麼是假都不敢保證，但就失憶這件事絕對是眞的！

「本來祭司是在後方納涼沒錯啦！」亞奇拍著我的肩膀，一臉無奈地說：「可是格里西亞你要知道呀，隊伍裡還擁有處子之身的就只有你呀！你看獨角獸根本不想親近我們這些不純潔的人，所以就只有純潔無瑕的你才有辦法帶牠出城。」

我面無表情地說：「信不信我下一秒就送你去見光明神，讓祂重新把你洗滌成一個純潔無瑕的人。」

亞奇突然爆笑出聲，措手不及之下，震得我的耳朵差點炸掉，頭痛欲裂之餘，還聽見他哈哈大笑著說：「格里西亞，你可是個祭司喔！祭司根本沒有攻擊力的啦，所以你的威脅一點都不可怕，省省吧！」

……也許我眞的該試試自己是不是會魔法。

♣♣♣

我們一行人躲躲藏藏，靠著傍晚的昏暗，好不容易才在無人發現的情況下帶著獨角獸走到城門附近的小巷弄中，開始做逃亡前的最後準備。

由於優娜和伊果的速度不夠快，所以在優娜幫大家加完神術後，兩人乾脆加入正在排隊出城的隊伍直接出去，只剩下希貝兒、亞奇和伍德洛陪我。

原本伍德洛的速度也是不夠快的，但在他變成一頭豹後，速度反而比最快的亞奇還要快。

「你到底可以變成幾種動物？」

德魯伊未免也太神奇了！我好奇地低頭看著豹，但他卻只是看著我沒有回答。

「伍德洛變成豹以後不會說話的啦！」希貝兒笑嘻嘻地說：「他只會變成熊和豹而已，變成熊以後很有力氣，變成豹就很快。」

聞言，我思索了一下，說：「那麼伍德洛負責擾亂所有人，亞奇和希貝兒負責開路，我就騎著獨角獸直接衝出去，如果我們被沖散了，也不必尋找其他人，直接分散跑到伍德洛說的集合地點去。」

兩人一豹都朝我點了點頭，所有人戴上預備好的面罩，這是亞奇準備的東西，他說做壞事一定要戴面罩。

我似懂非懂地把面罩戴上後，又順手在眾人臉上籠罩一層淡淡的光屬性，這樣大家的長相就不會被看見了，當然，變成豹的伍德洛就不用了。

我把獨角獸拉過來，牠看著我，我也看著牠，在這個即將出行的重要時刻，心中突然湧出一股不安的感覺——我會騎馬嗎？

看著獨角獸潔白無瑕的背部，我卻一點欣賞好馬的感覺都沒有，只有緊張和不安，如果從馬背摔下來的話，一定會被……

我苦著臉問：「如果摔下來怎麼辦？」

「摔下來？」希貝兒莫名地問：「獨角獸那麼喜歡你，不會隨便讓你摔下來吧？而且摔下來也沒關係，你是光明神祭司耶！自己把傷治一治就好啦！」

是這樣的嗎？可是我怎麼有種感覺，如果膽敢摔下馬，絕對會有非常、非常嚴重的後果！

大概見我遲遲不上馬，亞奇皺了皺眉頭，說：「格里西亞，你是不是沒騎過馬呀？」

我立刻反駁：「我是祭司，又不是騎士，不會騎馬也是正常的！」

聞言，亞奇抓了抓頭，不得不同意：「這倒也是，可你不會騎馬要怎麼騎獨角獸出城？」

我硬著頭皮說：「反正，只要抱緊一點，不要從獨角獸上掉下來就是了。」

希貝兒沒好氣地說：「什麼只要抱緊就好，沒人控制韁繩，你確定獨角獸自己知道該去哪裡嗎？」

聞言，我轉頭對獨角獸吩咐：「等一下不管發生任何事，你都不要停下腳步，直接衝出城門就是了，懂嗎？」

獨角獸點了點牠那顆大馬頭。

「居然還聽得懂人話？這也太誇張了吧，難道這隻獨角獸其實也是德魯伊？」

亞奇的話引來真正的德魯伊伍德洛不滿的一撞。

我深呼吸一口氣，拉住獨角獸的鬃毛，奮力一跳，準確無誤地翻到馬背上。

亞奇吹了聲口哨：「姿勢不錯嘛！看來你說不定會騎馬喔。」

真的嗎？我突然信心滿滿，腳跟往馬腹一踹，獨角獸也帥氣地嘶叫一聲瞬間起跑——

「哎呀！」

希貝兒一秒爆笑，故意問：「亞奇，怎麼一個會騎馬的人也能從馬背上摔下來，而且還是四腳朝天地摔倒嗎？」

從地上爬起來，我忿忿地說：「我只是一時沒抓緊而已！」

這時，獨角獸跑回來了，彷彿知道自己做錯事情，喪氣地低垂馬頭，小心翼翼地靠過來。

我用力拍了下牠的腦袋，斥責：「衝這麼快做什麼？你是要把我摔死啊？」

獨角獸低聲吟叫，一副很委屈的樣子。

「好啦、好啦！」見牠這副委屈模樣，我也心軟了，只是提醒：「接下來別衝那麼快就是了，你身上連馬鞍都沒有，很不好抓牢。」

獨角獸又開心地舔了舔我，眞是只有光明神才知道這匹馬爲什麼這麼愛舔我！

我再次翻身上馬，雖然有點緊張，但自己好像眞的騎過馬，感覺不是那麼陌生。

適應一陣子確定沒問題後，我朝眾人示意行動，變化成豹的伍德洛率先衝出去，正在排隊出城門的眾人一看見這頭大豹子，不少人都嚇得大聲尖叫，隊伍瞬間散掉，人群狂奔想逃得離豹子越遠越好。

門口的衛兵注意到騷動，也是嚇了一跳。

「哪裡來的大貓……不對，這是豹子！」

「快幫忙攔住牠！」

城門的衛兵大喊，十來個人趕到城門內圍成扇形，戒慎恐懼地舉著長矛對準豹子。

看看狀況差不多了，再下去，伍德洛就有危險，我立刻轉頭對希貝兒和亞奇低喊「就是現在」，兩人立刻衝出去。

隨後我輕踢馬腹，獨角獸跟在兩人身後衝出去，這一次，牠沒敢全力衝刺，甚至跑得十分平穩，傍晚微風徐徐吹來，舒服得讓人幾乎快要喜歡上騎馬這件事了。

我感嘆道：「這可比騎在人的背上要舒服多了。」

說完就覺得這話實在奇怪，我怎麼知道騎馬比騎人舒服？難不成自己還騎過人？這怎麼可能啊！

不管了，現在可不是研究騎人好還是騎馬好的時候，希貝兒和亞奇正跑在前面，利用聖光護體和神翼術的加持硬是撞倒擋路的衛兵們，幫我開出一條路來。

我抱緊獨角獸，在牠的耳旁下令：「跑快一點，一口氣衝出城去。」

獨角獸立刻加快速度，風馳電掣之下，城門近在咫尺時，還是免不了有人注意到我和獨角獸。

「獨角獸出現啦！」有人大叫。

眾人對「獨角獸」三個字超級敏感，一聽見便紛紛四下尋找，連剛才還在對豹子尖叫的民眾都瞪大雙眼露出興奮表情，大媽阿伯們立時翻出各式各樣的武器，菜刀、擀麵棍，甚至還有人拿著一根白蘿蔔！

五百金幣都能有這麼大的威力，那我爲了一千金幣想拐走獨角獸也不算貪財了吧，根本是大家都貪啊！

有了獨角獸，冒險者們立刻放棄阻擋豹子，轉向阻擋我和獨角獸的去路，只剩下幾名衛兵還猶猶豫豫地盡忠職守。

希貝兒、亞奇和伍德洛三人攔住衝上前來的人群，就算面對長矛刀劍等武器，他們也毫不畏懼，直接用身體撞開武器，刀尖劍刃都歪了，人卻還直挺挺地站著，這時，眾人的腳步終於停下來，驚疑不定地看著這幾個刀槍不入的人，眼睛瞪得比看見獨角獸的時候還大。

這正是突圍的好時機！我興奮地直喊：「快！獨角獸，再快一點！」

獨角獸立刻加快速度，暢快的風聲在耳邊吹拂，城門就在前方，我們快要衝出去了，而門邊此時根本沒有人守衛，沒有人可以阻止我們的腳步！

但，暢快的風聲突然被一聲巨響打斷。

城門的正前方有一道巨大的牆壁突然破地而出，獨角獸的心跳重重一跳，牠想停下腳步，但此時衝刺的力度實在太強，無法立刻停下，蹄子不斷在地上摩擦卻還是繼續往前滑行。

我整個人緊緊抱住獨角獸的頸背，死命抓住牠的鬃毛，深怕整個人摔飛出去。

最後獨角獸還是免不了撞上那道牆，幸好撞擊力道並不大，牠踉蹌兩步後穩住馬身，朝後跳開幾步離牆遠一點。

我的心臟快得怦怦亂跳，剛才實在太驚險了，如果不是獨角獸立刻察覺死命停下，用原本速度撞擊上去，我肯定會撞暈過去，這一暈，再醒來可能就是在監牢了。

鬆了好大一口氣後，我觀察著面前這道突然冒出來的牆壁，這牆壁居然完全由冰屬性組成，這是一道冰牆！

「發生什麼事情了？」

希貝兒、亞奇和伍德洛衝過來，呆呆地看著那道冰牆，一個比一個還不知所措。

眼見衛兵和冒險者要圍上來，我大吼：「打破這道牆！」

希貝兒和亞奇脫口大叫：「用什麼打破？我們是弓箭手和盜賊呀！」

誰指望你們了？我送上大白眼。

這時，獨角獸的角爆出大量光屬性，一團疾光朝冰牆轟過去，將整片冰牆轟成一大堆碎裂的冰塊。

「衝！」

我剛喊完，獨角獸卻大聲嘶吼起來，狀似非常不滿，而我在下一秒也明白牠爲什麼不高興了，因爲滿地的冰塊再次聚集成一道巨大的冰牆，這道冰牆甚至比剛才那道更加厚實，恐怕獨角獸沒辦法再隨便一擊就能突破。

如果不能瞬間擊碎逃跑，一定躲不過那人的攻擊——那個做出冰牆的傢伙！

我拍了拍獨角獸的頭側，輕喚：「轉身，敵人在後頭呢。」

這時，其他人早就轉過身去了，希貝兒更是發出尖叫：「怎麼可能？他們是、是光明神殿的聖騎士？」

「不只是聖騎士而已。」亞奇用顫抖的聲音說：「最前頭的那人，他、他鐵定不簡單，比高階冒險者更強大，他該不會是……」

「十二聖騎士中的寒冰騎士！」希貝兒的聲音聽起來驚嚇到快昏厥了。

寒冰騎士？

十二聖騎士和寒冰騎士這些詞聽起來怎麼這麼耳熟，看來就如那個祭司凱里說的，我果然得從光明神殿尋找記憶。

最前頭那人渾身都是冰和光屬性，他的表情凝結如冰，站立不動、僵硬似冰，手上居然還拿著根冰棒！

眞不愧是「寒冰」騎士呀！那根冰棒是他帶著路上要舔的嗎？

寒冰騎士舉著手上那根冰棒遙指向我們，語氣冰冷地說：「站住。」

「拿著一根冰棒，你是想嚇唬誰啊？」

爲了避免日後被認出來，我特地壓低聲音用冷冷的語氣回敬他。

寒冰騎士一句話都沒回應，面對這樣的挑釁，他卻連神情都沒變半分，讓我有點懷疑這傢伙的面部肌肉可能也凍僵了。

反倒是其他人的反應非常大，包括我的隊友在內，所有人都倒吸一口氣，尤其是寒冰騎士身旁的聖騎士，他們看起來簡直是氣炸了，怒吼：「住口！大膽狂徒，竟然敢污辱我們騎士長的寒冰神劍！」

神劍？那怎麼看都像一根冰棒，頂多叫寒冰神棒吧？

「格里西亞！」亞奇慌亂得語無倫次：「寒冰、寒冰騎士比高、高階冒險者強多啦，怎麼樣都不可能贏，那可是十二聖騎士！現在該怎麼辦？怎麼辦呀！」

我低聲說：「別緊張，我們又不是要贏，只是要逃跑而已。」

希貝兒哭喪著臉說：「就算是逃跑也不行呀，格里西亞你失憶了，所以根本不記得十二聖騎士的可怕，他們是光明神殿最強的聖騎士呀！」

「少胡說八道了。」我白了她一眼，命令道：「管他是神還是魔，給我擋住這些人，讓獨角獸有時間聚集屬性來打破冰牆。」

聞言，隊友們的臉色一個比一個還難看，但亞奇還是和希貝兒、伍德洛一起擋在獨角獸和聖騎士的中間，然後擺出攻擊的姿態。

見到我們還敢抵抗，對面的聖騎士們似乎有些訝異，除了那名寒冰騎士，他的臉部肌肉根本連動都不動，宛如一張死臉。

「防禦陣形。」寒冰騎士淡淡地下令。

聖騎士們立刻整齊劃一地擺出盾牌，形成一道盾牆，從盾牌和盾牌之間的縫隙伸出長劍來。

十幾個聖騎士對我們四個人做出防禦姿態？而且大門還在我們的背後，難道他們不打算追擊我們了嗎？

這時，盾牌牆突然出現一個缺口，寒冰騎士從結陣的聖騎士後方走出來，慢步朝我們走過來，就只有他一人，其他聖騎士連動都不動。

這時，獨角獸的角發出強大的光屬性，天空突然降下巨雷，準確地擊在我們身後的冰牆上，但冰屬性並沒有因此散去。

寒冰騎士正朝冰牆散發著十分強烈的冰屬性，如果不打倒他，就是擊破再多冰牆都沒有用，因爲這傢伙會一直不斷製造出冰牆，直到他或獨角獸其中一方再也無法聚集任何一點屬性爲止，但在那之前，恐怕我們早被拿下了。

獨角獸氣得仰天嘶吼，甚至不斷在地上磨蹄子，大有要衝出去和寒冰騎士來場驚天動地的決鬥——

「給我乖一點。」我狠狠敲了牠的頭一拳。

獨角獸悲鳴一聲後低垂下頭，甚至還發出類似啜泣的聲音，好像十分委屈。

寒冰騎士離我們已經不到十步遠的距離，隊友們一個個後退再後退，根本沒有人敢跟他動手，甚至連對峙的勇氣都沒有。

就在他即將一個人單槍匹馬把我們通通抓住時，一道冰牆突然破地而出將他的去路擋住，與此同時，我們的背後又打下一道閃電，甚至比剛才獨角獸的閃電聲勢更浩大。

「快跑！」我大喊。

前方三人先是愣了一愣，亞奇第一個反應過來，二話不說就轉身從我和獨角獸旁邊溜過去，快得好像陣風似地。

他的舉動也讓希貝兒和伍德洛回過神來，紛紛轉身開始逃跑。

在希貝兒也順利跑出城門後，我踢了下馬腹，獨角獸立刻跟著轉身奔馳。

即將出城之際，我看見背後的那道冰牆已經被打碎了，但不要緊，我已經準備好多道閃電，全都是用來阻擾寒冰騎士的追擊。

一道、兩道、三道接連轟出去……

最後，我們終於逃出城。

屠龍第四招

「招募有力幫手」

當獨角獸和寒冰騎士在施展魔法的時候，我就有種強烈的感覺，自己能夠施展出這些魔法！

不管是冰牆還是雷電，對我來說都不是問題，簡單得像聖光護體和神翼術一般。

既然如此，那當然是趁寒冰騎士還在慢吞吞走路的時候，趕緊偷摸著聚集屬性，用冰牆擋路，再用雷電轟他個措手不及！

一衝出城門，我就對前方的三人吼：「你們走別條路，別跟我一起走！」

聞言，三人反倒停下腳步，回過頭來看我。

我沒讓獨角獸停下，只在經過他們身旁時又提醒一聲：「快走！」

「居然連停都不停！」希貝兒大聲嚷嚷：「害我剛才聽見你要單獨走的時候，還感動了一下！」

我回頭喊：「再停下來等你們，那我就直接跑進監牢算了啦！還有，你們再不跑，乾脆自己回城進監牢吧。」

話一說完，三人立刻朝不同方向拔腿就跑。

在他們三人散開跑後，城門處就出現寒冰騎士的身影，他看起來毫髮無傷，連灰塵都沒有。

但這並不奇怪，因爲我瞄準的對象本來就不是寒冰騎士，而是他背後那堆做出防禦姿態活像銅牆鐵壁的聖騎士們，就像牆壁一樣不會動，非常好瞄準，所以乾脆先把他們擊倒，免得他們去追其他人。

見到我方人員四散，寒冰騎士只停了一步後就無視另外三人，直接追逐我，剛才看著動作還慢吞吞的，跑起來竟這麼快！

我連忙說：「獨角獸，快跑！用你最快的速度跑！」

獨角獸嘶吼一聲，聲音聽起來似乎很興奮，牠越跑越快，快得讓我幾乎張不開眼睛，不過也沒關係，閉上眼睛就是了，反正自己到現在也沒搞清楚「張開眼睛」和「閉上眼睛」，兩者到底有什麼差別。

獨角獸的速度這麼快反而讓我放心許多，因爲人是一定跑不過這麼快的馬——除非馬的前方突然冒出很多冰錐。

一根冰錐突然從地面竄出來，幸虧獨角獸反應也不是蓋的，硬是在距離冰錐約兩公尺的地方來個急轉彎閃過那根冰錐，但問題是跑了沒兩步，我們的面前再次出現冰錐，獨角獸仍舊沒有因此停下來，而是再次跳開閃躲過去。

獨角獸似乎和寒冰騎士槓上了，牠的閃躲能力也確實很不錯，說不定眞的可以從冰錐叢中逃跑成功——如果我沒有摔下去的話。

「死馬！」

我一邊朝幾乎裂成兩半的屁股放聖光術，一邊怒吼：「又蹦又跳的，你是把我當作黏在你身上的嗎？」

獨角獸一個急煞後回頭張望，卻又不敢走過來，一副畏畏縮縮的樣子，還看了看我又看了看寒冰騎士，似乎非常猶豫要走向哪邊。

這隻死馬是想要換人坐坐看嗎？

才剛治好屁股，我正想要衝到獨角獸身邊來個狠狠的下馬威，讓牠知道誰才是主人時，一道陰影當頭籠罩下來，我抬頭一看，寒冰騎士那張面部肌肉壞死的臉就在正上方，他的大手一把抓下我的面罩。

被抓到了！

我臉色一變，發現對方也同時臉色一變，原來這傢伙的臉部肌肉沒有壞死嗎？

寒冰騎士臉上第一次出現表情，他非常驚訝地看著我，之前的冰山面孔蕩然無存。

有機可趁！攻擊！不管我會什麼攻擊，都快點施展出來吧！

「你怎麼會在這裡？太——」

寒冰騎士遲疑地開口，話沒說完就突然停下，瞪大眼看著我。

我朝他伸出雙手，大吼：「黑暗鎖鏈，封印住我的敵人吧！」

大量的暗屬性從地面猛然爆出，形成十來條黑色的鎖鏈，這是用大量暗屬性層層壓縮而成的堅固鎖鏈，黑暗鎖鏈從寒冰騎士腳底纏上身軀，將他整個人牢牢鎖住，連嘴都沒放過，我可不希望他大吼大叫把其他人引來。

被鎖鏈禁錮後，我以爲寒冰騎士應該會大怒，但他卻沒有半點怒氣，而是一臉……迷惑不解？不知道爲什麼，這傢伙的反應從剛才開始就很遲鈍，但正好趁這個機會制伏他！

全身都被鎖鏈纏著動彈不得，寒冰騎士人再遲鈍也終於反應過來，他的右手明明被鎖鏈牢牢纏住，竟硬是拉開手扯斷鏈條，舉著寒冰神棒開始斬除身上的黑暗鎖鏈。

見狀，我冷笑一聲，大叫：「獨角獸，趁現在！」

曾一度想換主人的獨角獸此時毫不遲疑衝上前去，頭上的獨角聚集前所未有的巨量光屬性，最終形成一道純白光線直直射向寒冰騎士，但這攻擊卻僅僅只能阻止對方繼續破壞鎖鏈而已，對方看起來根本沒有受到多大傷害，身周同樣圍繞著光屬性，這是聖光護體？

「笨馬！」我大喊提醒：「沒看見他渾身是『光』嗎？你拿光屬性攻擊他是在幫忙抓癢嗎？用其他屬性攻擊！」

獨角獸朝天嘶吼，天空中瞬間聚集起大量烏雲，雲中還不時閃爍著雷電，發出陣陣悶響，隨即一道閃電直接劈下來正中寒冰騎士，而這只是開端，雷電接二連三打下來，這讓寒冰騎士再也沒時間斬除鎖鏈，他一次次聚集冰屬性，在自己頭上形成一座冰橋，用以擋下不斷落下的雷電。

我驅散寒冰騎士聚集的冰屬性，讓冰橋瞬間潰散，他一時反應不過來，狠狠被雷電擊中了。

一道、兩道、三……寒冰騎士卻遲遲沒有倒下，他緊盯著我，同時不放棄地繼續凝結冰屬性，但他的聚集能力卻遠不如我驅散的速度，根本無法順利凝結。

最後他只能靠圍繞在身周的聖光護體，以及……「鬥氣」！總算想起那玩意兒的名稱了，看來我對鬥氣這種東西真的很不熟悉。

獨角獸落下十來道雷電後，氣喘吁吁地停下來，可憐兮兮地看著我。

「這就不行了？」我對牠翻了個白眼，沒好氣地說：「真沒用耶你！這樣也是一匹值五千枚金幣的馬嗎？」

罵馬沒用的同時，我早有其他準備，學著獨角獸在天空聚集更多更強的雷電屬性。

沒時間磨蹭了，後方的聖騎士隨時會追上來，現在得用最快速度擊倒寒冰騎士！

雷電，落下！

寒冰騎士抬頭看向天空，不知他在想什麼，居然撤去鬥氣只留下聖光護體，被這道巨雷擊破後結結實實地打在身上，他只站立了一秒，隨後整個人倒下不動了。

我嚇了一大跳，連忙看向這傢伙的心臟，幸好還在跳動，只是暈過去而已。

我先撿起掉在地上的冰棒，接著用腳踹踹它的主人，見他一點反應也沒有，才有餘力抹抹自己臉上的冷汗。

還以為我加上獨角獸都無法擺平這傢伙，幸好還是讓他躺下了。

但這傢伙的強度仍然讓我不太能放心，用無數的黑暗鎖鏈將他纏了又纏，纏到他最後像是一顆巨大的黑蛋，這才滿意地停手。

一停下來就聽見沉重的腳步聲，我連忙把自己的面罩找回來，重新戴上後，那些追上來的騎士們已經追到只剩百公尺左右的距離。

我冷笑一聲，緩緩地把冰棒架在它主人的脖子上，雖然剛開始有點找不到脖子到底在哪裡，鎖鏈纏得實在太厚了點。

我對聖騎士們大吼：「不想要他的命，就儘管衝過來！」

見此場景，所有聖騎士都停下來，眼睛瞪得有馬眼那麼大。

重點是果然沒有人敢再動一下。

「你們敢追上來的話，就給我小心寒冰騎士的小命不保！」

撂下威脅的話後，我拖著巨大黑蛋上馬，在聖騎士的目送之下，帶著黑蛋騎著獨角獸從容離開現場。

♣♣♣

當我帶著黑蛋和獨角獸來到約定的集合地點時，大家瞬間張大嘴，下巴都快掉到胸前了。

「你、你還眞的會魔法？」

亞奇第一個吞了吞口水，嚇得倒退幾步。

優娜接著尖叫：「怎麼可能！光明神祭司怎麼可能會用黑暗屬性魔法？」

你問一個失憶的人也不可能得到答案，反正我就是會用，而且還用得很順手呢！

「格里西亞！你到底做了什麼啊？」

伍德洛不愧是隊伍中指揮的人物，他又是第一個抓住重點的人。

「別那麼激動。」

雖然事情確實有點出乎意料，可以說根本完全失控，寒冰騎士和他的聖騎士眞不知道是哪邊冒出來的，原本簡單的帶馬出逃計畫直接大變樣，若是我一開始就知道事情會變成這樣，搞不好會考慮拿一百枚金幣而不是一千。

但這種時候更是不能慌，我故作冷靜地說：「不就是帶獨角獸逃出城後把牠賣掉，然後大家分錢嗎？」

「那這個是什麼？」伍德洛比著地上的黑蛋，大喊：「偷偷把獨角獸拿去賣是一回事，綁架寒冰騎士是另外一回事！」

「我的戰神呀，我們正在跟光明神殿爲敵！」

優娜在一旁喃喃，驚駭得都快暈厥了。

伍德洛怒吼：「馬上放他走！」

我立刻搖頭否決：「現在放他走，他直接帶人殺回來該怎麼辦？只有這傢伙在我們手上，緊追在後面的那群聖騎士才不會衝上來把我們剁成碎片！」

聞言，伍德洛呆愣住，他張嘴似乎還想爭辯什麼，卻又覺得有道理無法反駁，最後緊皺著眉沒回嘴。

我安慰隊友們：「別緊張，只要我們逃到聖騎士追不上的距離，我就立刻放走那傢伙，然後我們帶著獨角獸遠走高飛，一切都不會有事的。」

聞言，大家的臉色果然好上一些，但伍德洛遲疑了下，吞吞吐吐地對我說：「但分完錢後，我們可能就要分道揚鑣了。」

我的心頭猛然一跳，觀察其他人對這話的反應，雖然他們露出遲疑的表情，但都沒有反對伍德洛的話。

我扯開一抹笑，無所謂地說：「沒關係，反正我只要拿得到自己的那一份錢就好了。」

「這是當然的。」伍德洛點了點頭保證。

我點了點頭，對眾人說：「大家先休息一下，明早再來討論我們該往哪邊走。」

「好。」伍德洛點了點頭後說：「那現在就來安排一下守夜的順序。」

「不用了，就我守整夜吧！」我笑著說：「你們也知道，我睡了十天耶！現在要我睡覺，恐怕比綁架寒冰騎士還難喔！」

眾人笑了，伍德洛客氣地說：「那就麻煩你了。」

我點了點頭。

♣♣♣

「被捨棄了嗎？」

我靠在一顆石頭上，獨角獸就睡在左邊，睡得可香甜了，那枚巨大黑色黑蛋放在右手邊，其他人則睡在不遠處，所有人的呼吸聲都緩慢平穩，顯然正陷入深深沉睡。

雖然他們選擇捨棄我，卻還沒有開始提防我。

我緩緩站起身來，朝著眾人睡覺的地方走去。

這些人還真是天真呀！既然我有能力制伏寒冰騎士，難道就不會把他們一起制伏了嗎？

一個人逃亡比一群人逃亡來得不引人注目，再者，這樣我分到的金幣就不是一千枚，而是足足五千枚！

這些傢伙居然留我一個人守夜，還能睡得這麼放心。

我走到希貝兒身旁，緩緩低下身去，然後……輕輕幫她拉好用來充當被子的披風。

眞是的！這麼大的人還踢被子。

我無奈搖頭，打算再走回去繼續靠著石頭發呆，一轉身卻猛然發現不遠處竟然有人。

那是……

「紅詩？」我有點訝異地喊出對方的名字。

獨角獸明明就在不遠處沉睡，紅詩卻出現了？

所以其實她不是獨角獸變出來勾引人的幻影，而是眞實的小女孩嗎？還是說獨角獸睡著後就可以變成紅詩出現，又或者紅詩和獨角獸其實一點關係都沒有，純粹是我想多了？

思考的同時，紅詩蹦蹦跳跳地走過來，獻寶似地用雙手捧著一樣東西，說：「這個是大哥哥掉的東西。」

「我的東西？」

那是一本書，我反射性明白，同時低頭用眼睛去面對書，當然徒勞無功，根本看不見書上寫著什麼，這眞是一個自己根本不能明白的舉動，「眼睛」並不能幫助我看見書上的東西，但我總是會習慣去「看」。

用手摸書作爲輔助，我感受書本整體的屬性，書大部分由木屬性構成，木屬性上頭有一層薄薄的石屬性勾勒出「字」，這麼少量的石屬性讓我辨認得有點吃力，一番努力後終於看清上頭的字。

死靈法術大全。

書皮上只寫著這幾個字，這詞聽起來稍微有點耳熟，這書搞不好眞是我的東西。

「還有別的東西喔！」紅詩發出銀鈴般的笑聲，天眞地說：「可是它不在這裡，只要一直朝東北走，你會找到它的。」

我半信半疑地問：「那是什麼東西？」

紅詩偏了偏頭，說：「摸摸胸前。」

聞言，我摸上自己的胸口，頓時有一股強烈的違和感，好像這裡本該摸到什麼東西，不該是空蕩蕩的。

懷著滿腔疑惑，我抬起頭來問：「紅詩，妳有我的書，又知道我剩下的東西在哪裡，妳是不是知道我是誰——紅詩？」

我一愣，這小女孩竟又瞬間消失不見，到底怎麼做到的？難道她就只是幻影……思考到一半，我突然開口說：「你醒了啊？」

這話和紅詩卻沒有關係，而是躺在不遠處的寒冰騎士已經張開眼睛看著我。

我想，這傢伙若不是嘴被黑暗鎖鏈封住，肯定早就破口大罵了吧？堂堂寒冰騎士被黑暗鎖鏈纏成一顆大黑蛋，還在屬下面前被綁走，臉面都丟光了。

我走到原來的石頭處坐下來，帶著點惡作劇的意思拍拍寒冰騎士的頭，說：「別緊張，等我們跑遠一點，你的屬下再也追不上來的時候就會放你走了，所以不要太死命掙扎。」

停頓一下後，我改用冷冷的語氣說：「免得我還要浪費力氣揍你一頓。」

寒冰騎士只是眨了眨眼回應，之後當真沒有任何掙扎，就只是靜靜地看著我。

我一整晚都翻著那本死靈法術大全，很順手地用現成實驗品——寒冰騎士來做法術試驗。

「……」

寒冰騎士身周一直有冰屬性聚集的趨勢，幸好還是沒有我的驅散能力高。

♣♣♣

次日天剛亮，所有人就全都清醒過來，準備展開逃亡之旅，但第一個遇上的難題是該怎麼搬運一個跟人一樣大的黑蛋。

希貝兒首先提議：「讓優娜幫我加增加力量的強力術，我來揹他好了！」

看來寒冰騎士長得很不錯，連希貝兒都對他垂涎三尺。

「妳打算揹他多久？」我沒好氣地說：「三天、五天？還是用『週』來計算？」

希貝兒猶猶豫豫地說：「三……不！五天！」

嗯！看來寒冰騎士有「讓人願意揹他五天」這種程度的帥。

我突然有點好奇，問道：「如果是我的話，妳願意揹我幾天？」

希貝兒認真地看著我的臉，說：「如果只看外表，我願意揹你一週，但知道你的個性後……」

我脫口：「該不會只剩一天吧？」

「不！」希貝兒聳聳肩說：「我只想離你越遠越好。」

「……」

至少外表還是有「讓人想揹七天」那麼帥，看來自己長得不錯，甚至比寒冰騎士還好看。

誇完自己後，我看了看獨角獸又看了看寒冰騎士，開口問後者：「喂！你還是處男嗎？」

大家的下巴掉到胸前。

寒冰騎士只是瞪著我，一句話都不回答，居然這麼藐視我——啊！他嘴上還纏著黑暗鎖鏈。

我連忙解開鎖鏈後，再次問：「現在可以說話了，快說，你是處男嗎？」

他繼續瞪著我，一句話都不說。

伊果在旁邊喃喃：「就算是也不會承認吧？這麼丟臉的事……呃！格里西亞，我不是說你是處男很丟臉呀！」

我瞪了伊果一眼，拔出掛在腰間的冰棒抵到寒冰騎士的脖子上，低吼：「你到底是不是處男？回答我！」

面對生命危險，寒冰騎士卻還是沉默不語，這下麻煩了，總不能眞砍他一刀吧？還是用酷刑逼問看看？但我一個失憶的人就知道「酷刑」兩字，連具體內容是什麼都不知道啊！

我有點苦惱，但突然想起之前戰鬥中，獨角獸差點想換主人的舉動，不怒反笑起來。

直接試試看不就好了？

我把冰棒掛回腰間後抱起寒冰騎士，一把將他丟到獨角獸的身上，獨角獸完全沒有躲開這顆巨大黑蛋的意思。

「……幹！」

眾人倒吸一口氣，亞奇甚至罵了聲髒話，最後伊果不解地喃喃：「這世界上什麼時候有這麼多超過二十歲的老處男？」

「我不是處男！」我立刻大力反駁。

亞奇聳聳肩，伍德洛陪著笑臉說：「你說不是就不是。」

解決處男……不，交通問題，我們也沒時間耽擱了，隨即展開逃亡之旅，對我來說這又名爲無聊的騎馬之旅。

因爲要配合大家走路的速度，所以獨角獸走得很慢，我騎在慢悠悠晃著的馬上，唯一的工作是拉著黑暗鎖鏈避免大黑蛋摔馬，走久了感覺實在有點無聊，只好有一句沒一句地和寒冰騎士聊天。

「你眞的叫作寒冰嗎？這名字也太怪了吧！」

寒冰騎士搖了搖頭。

我好奇地繼續問：「那你的眞名叫作什麼？」

他看著我好一會兒後，才緩緩回答：「伊希嵐．寒冰。」

「好難唸的名字。」我皺著眉頭。伊希嵐？什麼鬼地方的人取的名字？

「我從來不指望你叫對我的名字。」他淡淡地說。

我一怔，反問：「你說什麼？」

他卻沉默下來不肯回答，若我沒看錯，這傢伙似乎用眼尾瞄了其他人幾眼後才又回來注視著我。

他不喜歡其他人？我暗暗猜測，但總感覺他對我好像沒那麼有敵意，這是爲什麼呢？照理說，我才是抓他的那個人，其他人甚至說過要立刻放他的話。

搞不明白這傢伙的意圖，我只能先放在心中，詢問起更重要的事：「伊希嵐，這附近還有其他十二聖騎士成員嗎？」

雖然發問了，但我並不認爲他會回答眞話，我能夠判斷他說的話是眞是假，從假話中推測我要的答案！

但他竟直接回答：「有，烈火騎士長在附近。」

我愣了下，伊希嵐的心跳速度一點都沒變，他沒說謊！他居然眞的告訴我這附近有其他十二聖騎士，甚至連具體是誰都說出來了！

我立刻緊張地問：「他會追上來嗎？」

伊希嵐毫不遲疑地回答：「會。」

這下可麻煩了。我皺了皺眉頭，繼續逼問：「如果我用你的性命要脅他退呢？」

伊希嵐輕皺眉頭，神情看起來像在思考，一會兒後，他仔細說明：「他會暫時撤退，但不會放棄追上來，永遠都不會放棄。」

只要有足夠的危險，誰不會放棄同伴，就像伍德洛他們，不就輕易捨棄了我嗎？我嗤笑一聲說：「太天眞了吧，難道你以爲同伴永遠都不會拋棄你嗎？」

伊希嵐點了點頭，說：「十二聖騎士永遠不會放棄十二聖騎士。」

永遠不會被放棄？哼！我才不信這話！我沉下語氣冷冷地說：「有機會的話，我們就來試試，看看十二聖騎士在生死交關的危機中到底會不會放棄同伴！」

「不會！」伊希嵐卻直直地看著我，用非常堅定的語氣重複：「十二聖騎士永遠不會放棄十二聖騎士。」

我冷哼了一聲。看他一副無情冰山的樣子，結果原來是一個天眞的傻瓜，什麼冰山都是裝出來的吧！

在我和伊希嵐聊得不歡而止的時候，我們來到一個岔路口，眾人停下腳步，全都看著伍德洛。

伍德洛比著路標說：「右邊這條路是前往東北方的月蘭國，往左走就直接踏進忘響國的邊界了，雖然有兩條路，但我想我們應該沒得選擇。」

他看向伊希嵐，嘆氣說：「綁架寒冰騎士進忘響國的話，恐怕我們踏進第一座城鎮就可以知道那城鎮的監獄是什麼模樣了。」

「那是當然的！」優娜瞪了我一眼，冷語道：「忘響國可是光明神殿的主要根據地，民眾都認識十二聖騎士！」

「尤其是十二聖騎士之首，太陽騎士！」

希貝兒突然插話說，說完，她就露出滿臉花痴的表情，用輕飄飄的語氣說：「聽說呀！太陽騎士有著璀璨的金髮、蔚藍的雙眼、皮膚就像牛奶一樣地白皙，氣質優雅大氣……」

說到這，希貝兒卻突然停下話來看著我發呆，該不會是把我當成「基本人形」，用來想像她說的太陽騎士吧？

我忍不住語氣發酸地說：「怎麼太陽騎士是女的嗎？那些話聽起來像是在形容美女！」

「他是個美男子！」希貝兒立刻回過神來，大力反駁：「而且人家是眞正的優雅美男子，才不像你，就算一樣有金髮藍眼白皮膚，也是個沒氣質的傢伙！」

「優雅美男子嗎？」

我拍了拍伊希嵐的頭，還故意把他的頭髮揉得亂七八糟，這才滿意地說：「這傢伙不也是個優雅的十二聖騎士嗎？妳看看，他現在這副黑蛋樣是哪裡優雅了？我看妳的太陽騎士也和他一樣，只是虛有其表的傢伙。」

「你不要欺負他啦！」

希貝兒尖叫阻止，還衝上前來撥好伊希嵐的頭髮，順便偷摸他的臉幾把，這才捨得抬頭對我說：「寒冰騎士又不需要優雅，他是冷漠美男子！還有昨天提到的烈火騎士，他是狂野美男子喔！」

「光明神殿是用長相在選聖騎士的嗎？」我大翻白眼，沒好氣地說：「怎麼全都是美男子？」

「不是那樣子的。」優娜搖了搖頭，帶點無奈的表情說：「這些都是女孩子們自己想像的，十二聖騎士不見得都長得很好看。」

「可是，寒冰騎士就眞的長得很英俊呀！所以不見得是假的嘛！」

希貝兒喊完，連忙又低頭問伊希嵐說：「對、對吧？至少太陽騎士一定是個超級美男子吧？」

伊希嵐淡淡地說：「我不知道妳的標準是什麼。」

希貝兒竟比著我不服氣地說：「至少比格里西亞好看吧？」

他沉默許久，在希貝兒不放棄的連珠炮逼問之下，才終於回了句「差不多吧」。

這回答讓希貝兒揪起眉頭，也讓我得意洋洋。

「妳看吧！憧憬什麼太陽騎士，直接看我不就好了。」

「太陽騎士一定比你有氣質多了！」希貝兒不甘心地回嘴。

這時，伍德洛越過正在吵嘴的我和希貝兒，逕自走向伊希嵐，認眞地問：「十二聖騎士爲什麼會出現在基辛格王國？這裡已經是渾沌神殿的領地。」

伊希嵐簡單地回答：「找人。」

「找什麼人？」伍德洛繼續問。

他淡淡地看了伍德洛一眼，卻沒有回答。

伍德洛也完全不敢逼他，得不到回答就自個兒訕訕然地走開了。

這段插曲過後，我們當然還是繼續逃亡趕路，只是沿路不再安靜，希貝兒和我吵嘴吵個不停，內容大致都是各種美男子，伊果也會湊上前摸摸——當然不是摸摸我！而是摸那根掛在我腰間的冰棒。

若不是優娜在一旁瞪人，嘴裡各種「不可以冒犯寒冰騎士」，伊果恐怕都要把冰棒拿起來揮棒了。

亞奇則總是喊著要我再想想看自己還會不會其他好玩的魔法。

我想了想，跨下獨角獸後蹲下來，用手摸著地面不斷地往下探索，嗯，似乎沒有人類的屍骨，倒是有不少動物的白骨，這挺適合。

我一將手從地上移開，一堆灰白之物就從手掌下方破土而出。

「骨頭？」希貝兒有點疑惑地看著那堆東西。

我小心翼翼地操作，將暗屬性注入到骨頭中後一根根拼湊起來，希望沒有拼錯，可惜底下沒有人類的屍骨，如果有倒是好拼得多，因爲在場有很多活人骨架可以當作拼死人骨頭的參考。

拼好後，我又在骨頭與骨頭的接縫處補上濃稠的暗屬性，用來代替已經腐爛消失的關節，爲了讓這堆骨頭可愛一點不要太嚇人，我還用暗屬性補出血肉和長耳朵，最後，一隻黑色的兔子在地上蹦蹦跳跳。

「死、死靈法師？」優娜喃喃，用無力的語氣說：「眞不知道爲什麼，我竟然連尖叫的力氣都沒有，格里西亞你越來越不像個光明神祭司了。」

當幾個大男人還瞪著眼、驚疑不定地看著一隻兔子時，希貝兒反而是其中最不害怕的人，她直接跑過來抱起那隻骷髏兔，笑咪咪地說：「它好可愛喔！格里西亞，不准讓它消失喔！」

我聳了聳肩，感覺維持這隻兔子並不費力，答應下來：「好。」

見到希貝兒的舉動，大家對那隻兔子的恐懼消失不少，伊果甚至興致高昂地建議：「格里西亞，既然你都可以做出兔子，那也可以做出馬吧？有馬的話，我們趕路可就快了。」

「如果你拿出馬的骨頭就可以。」

伊果訕訕然地回答：「我去哪生出馬的骨頭給你。」

我聳了聳肩，沒有就沒辦法了，死靈法術十之八九都得用上血肉骨頭，要平空弄出來難度太高，雖然好像也能用湊的，但至少現在的我還辦不到。

「那你生把骨刀讓我揮幾下吧？」伊果有點興奮地說：「傳說中，那些屠龍的英雄最後總是用龍骨做成骨刀，我用這刀去打獵給你加菜！」

我想了想剛才往地底的探查，底下好像沒有足夠大的骨頭可以做刀，大部分是碎骨，連剛才的兔子都缺失不少骨頭，這最多做把拆信刀。

我搖頭回：「骨頭不夠大，做不了骨刀。」

聞言，伊果露出滿臉失望。

亞奇插嘴道：「那做把匕首呢？」

我正要回應時就聽見伍德洛用嚴肅的口氣說話。

「別鬧了，該繼續趕路，後面還有聖騎士在追捕！」

伍德洛的口氣讓眾人立刻想起自己可是在逃亡，隨口聊天幾句沒什麼關係，但停下腳步在那邊玩兔子耍刀就不對了，連我也覺得自己有點太放鬆，畢竟抓走寒冰騎士的主謀是我。

我連忙跨上獨角獸抓好大黑蛋，大夥再次安靜地趕起路來。

「你不該在他們面前用死靈法術。」

我低頭看著橫在前方的伊希嵐，剛才那句是他說的，雖然聲音壓得十分低。

「爲什麼不該用？」我不解地問，不就是魔法的一種嗎？雖然優娜也一直說光明祭司不應該會用死靈法術。

我一說話，其他人都好奇看過來，但這時伊希嵐又恢復到只會盯著我卻不發一語的狀態，壓根沒打算解釋剛才說的話。

見狀，我也只能當作沒聽見，從懷中掏出《死靈法術大全》這本書來繼續研究其他法術，順便用離得最近又沒辦法動彈的傢伙來做實驗，那就是纏著一堆黑暗鎖鏈的伊希嵐。

實在不能怪我這麼愛拿他當實驗品，誰讓這傢伙就這麼合適呢？

不管我怎麼拿他做試驗，他始終保持冰塊本色，不吭聲不變臉，除了冷冷瞪過來以外，完全不會做出其他反抗的動作，簡直是實驗品典範！

我的愉快實驗一直持續到被希貝兒看見為止，她氣得活像丈夫被人玩弄了，還和同樣生氣的優娜聯手，兩人左右各扯著我的一邊臉皮，發出嚴重警告：不准再欺負寒冰騎士。

臉皮差點被撕下來，我只好放棄實驗品典範，改做一些不需實驗品的死靈法術。

尋骨術：可在地底下探索骨頭。

骨牢：防禦法術，可用骨頭做出一面牆。

骨刺：從地下冒出骨頭製的尖刺來殺傷敵人。

看來看去都是利用暗屬性來操縱骨頭而已嘛！

我索性快速翻閱書籍，看看有沒有跟骨頭沒關係的法術，後面的頁數總算開始出現一些比較有意思的法術。

死亡蔓延：大規模的殺傷法術，優點是難以抵禦，範圍十分寬廣，用在大型戰場上簡直是神技，但也有個致命缺點，就是對方死亡的速度很慢，甚至有可能出現法師都已經無法繼續施展法術，對手卻還沒死的窘況。

但即使沒死也可以讓對手減弱或直接失去戰鬥力，這在面對大量敵人時是非常好用的法術，至少書上是這麼說的。

這招看著不錯，趕緊學起來，畢竟我綁架寒冰騎士，難保不會有一大票的聖騎士追上來，能夠一口氣削弱他們全部的法術應該派得上用場。

「別看了，那不是你應該學的東西。」

伊希嵐突然又開口說話。

「喔？」我一邊看一邊問：「那什麼才是我該學的東西呢？」

伊希嵐卻又沉默不語了，真是個莫名其妙的傢伙，話只講一半，永遠都不說清楚，什麼怪毛病！

既然他現在沒意見了，那我當然就繼續看書，下一個是……

召喚死亡騎士。

屠龍第五招

「克服旅程中的種種障礙」

逃亡幾天下來，所有人都對逃亡生活感到十分滿意，甚至連伊希嵐這個被挾持的人質也樂在其中。

爲什麼會這麼說呢？

因爲伊希嵐在第二天晚上就對著光明神發誓自己絕不會逃跑，也不會傷害我們，讓我把他胸口以上的黑暗鎖鏈解開，然後他就可以——煮飯！

眞是人不可貌相，他本該是個高高在上的十二聖騎士，還有著一張生人勿近的冰塊臉，做菜的功力居然比優娜和希貝兒兩個加起來還高！

在吃過伊希嵐準備的晚餐後，隔天再也沒有人肯吃優娜和希貝兒煮的飯，包括她們自己在內。

有馬可以騎，有人讓我玩死靈法術實驗，玩累了還有好吃的飯等著我，現在的狀態簡直不能更舒服了。

雖然整天騎馬下來，屁股難免有點痛，但一招治癒術下去，馬上就不痛了。

「你可不可以不要一邊玩弄骨頭一邊施展聖光？」

優娜不只一次跟我抗議，說什麼「這違反常態，光和暗屬性極難並存的根本原理被你一再打翻，完全就是犯規嘛」之類的話。

我反問：「那妳的意思是說，如果追兵追上來，我不能一邊施展死靈法術阻擋敵人，一邊施展聖光幫伊果他們療傷了？」

聽到這話，隊伍中所有戰鬥職業全都臉色大變，連忙反駁優娜的話，讓我放心用聖光玩骨頭。

哼哼，再強調一次！

有馬可以騎，有人讓我玩死靈法術的實驗，玩累了有好吃的飯等著我，就算被人罵犯規，還有一群人會幫我罵回去，再好聲好氣地安慰我。

就是做太陽騎士也沒這麼舒服吧！

只可惜，我們的好日子在三天後就宣告結束。

伍德洛在神翼術的加持下，時常變成速度快的豹回頭去偵查狀況，這天當他偵查完畢回營地，一恢復人身就臉色沉重地說：「烈火騎士眞的追上來了，我在山頭上看見他們，人數大概十人，腳程離我們不到一天。」

我仔細詢問：「十人中有幾名聖騎士和幾名祭司？」

伍德洛搖了搖頭說：「沒有祭司，全都是聖騎士。」

「爲什麼他們不帶上祭司？」我有點疑惑地說：「祭司不是可以幫忙施展神翼術？這樣對趕路很有用吧？」

這時，伊希嵐淡淡地開口解釋：「一名祭司不足以長時間幫十個人加上神翼術，至少得帶上兩名，而且還必須是高階以上的祭司，就算他們的神術有用，但祭司本身就是一種拖累，他們體能太差，不像聖騎士可以不斷趕路，不如不帶。」

聽到這話，我突然感覺伍德洛的一天抵達預測或許不準，連忙問：「他們需要多久時間才能抵達？」

問完，我就覺得自己傻了，竟然詢問一個人質，來解救他的人還要多久抵達，這怎麼可能得到答案！

「來的人是烈火騎士長和他的小隊成員。」沒想到，伊希嵐還眞的回答了，「如果他說一天可到達的話，那頂多五個小時吧。」

聞言，眾人都瞪大眼，亞奇驚呼：「這麼快？他們到底是盜賊還是聖騎士呀？」

「你爲什麼這麼老實？」

我倒是更疑惑伊希嵐一路上的態度，這名人質不但不會大喊大叫，還會幫忙煮飯，最後甚至透露自己人的消息給綁匪，天底下有這麼好的人質嗎？他乾脆加入我們隊伍算了！

「因爲你們不可能逃得了，我當初說烈火騎士長在附近，你們知道他在哪裡嗎？」他停頓了一下，才緩緩公布答案：「在葉緣城。」

這話一出，大家全都呆愣住了，只有我十分疑惑地問：「在葉緣城又怎麼樣？」

伍德洛深呼吸一口氣後說：「葉緣城在忘響國的邊境，但離基辛格王國還有段路程，如果是普通人，從那裡走到這裡大約需要六……不！中間還要經過森林、繞過複雜地形，以及可能會遇到野獸的危險地區，恐怕十天才是正確的天數。」

我詫異地說：「他們卻只用三天就追上來？難道完全沒有休息，一直在趕路嗎？這還能算是正常人嗎？」

「我們不是正常人。」伊希嵐開口回應，他面對我緩緩地說：「我們從來就不是正常人。」

我愣了一愣，轉過頭去問眾人：「你們相信伊希嵐說的話嗎？如果照他說的，烈火騎士在五個小時內就可以追上我們，而且我們根本逃不掉。」

優娜立刻嚴厲地說：「當然，他是光明神的信徒，還是光明神殿最強大的十二聖騎士，大家都知道他們是絕對不會說謊的！」

「而且他說謊只會讓我們逃得更快更遠，對他根本沒有好處。」

伍德洛補上這句後，我才終於相信伊希嵐的話，就算失憶，我也不認爲這世界上有什麼人是絕對不說謊的。

「既然逃不掉，那就只好主動出擊了。」我平靜地說：「我們不逃了，停下來襲擊他們。」

「你要襲擊烈火騎士？」伊果立刻高聲大吼：「瘋了嗎？」

其他人則是驚嚇到反應慢了半拍，等伊果吼完才從呆滯的狀態清醒過來，個個露出驚嚇的表情。

我仔細跟大家解說：「對方只有十個人而已，我們有六個人，手上還有人質，只要布置好陷阱，我們贏的機率很大。」

「贏的機率很大？十個人而已？」亞奇目瞪口呆地說：「你到底知不知道十二聖騎士是什麼樣的人物？」

「不知道啊，失憶呢！」我理直氣壯地回答。

亞奇噎著了，換伍德洛繼續解釋：「光明神殿十二聖騎士、戰神殿的戰神之子，還有渾沌神殿的沉默之鷹，這些根本就是傳說故事中的人物！俗話說得好，不怕得罪神，就怕得罪神殿！因爲神不會出現，但各大神殿首領人物根本就是走在這世上活生生的神呀！」

眾人拚命點頭贊同亞奇的話。

這麼厲害？我想了一想，用手拍拍伊希嵐的頭，反問：「你是說這傢伙是走在這個世界上的神？」

「……」

伍德洛喃喃：「就很多方面來說，你也不是個正常人呀！」

優娜搖了搖頭，嘆道：「光是黑暗屬性和光明屬性並存這點，你就不是普通人，能夠同時施展神術和死靈法術，天呀！眞不知道你到底是什麼人。」

我偏了偏頭思考後，說：「當初你們說我的同伴是聖騎士和黑暗精靈，這不知道有沒有關係？可能他們兩個不是我的同伴，而是老師之類的身分，一個教我光屬性神術，另一個教我暗屬性魔法？」

眾人紛紛露出恍然大悟的表情。

「還有一個小女孩，她給了我一本死靈——」

我正想繼續和大家說說有關紅詩的事情時，伊希嵐卻突然出聲打斷：「你們再不開始布置陷阱，恐怕就來不及了，烈火騎士長在外做任務的經驗非常豐富，所以陷阱必須做得很好，才有辦法瞞過他和他的小隊員。」

聽聽！這是什麼話啊？我眞懷疑他是不是和烈火騎士有仇！等等，「烈火」和「寒冰」，搞不好他倆還眞的是「水火不容」？這麼說伊希嵐是打算借刀殺人嗎？

「我是不會殺死他，不過幫你小小整他一下倒是無傷大雅！」

想明白後，我拍拍伊希嵐的頭，十分友好地說：「別客氣，你這幾天很配合，不但幫我們煮飯，還說了這麼多消息，幫你一個小忙也是應該的。」

伊希嵐皺起眉頭，似乎不太理解這話的意思，但我想他大概是心思被我看穿又不好承認自己和烈火騎士有仇，所以故作不解了吧？

「好了，大家圍過來，聽我說一下怎麼布置陷阱。」

亞奇立刻抗議：「喂！你連陷阱也會？還讓不讓盜賊活了？」

優娜冷冷地回應：「他都不讓我這個戰神祭司活了，爲什麼要讓你活？」

「還好，我能活。」伊果幸災樂禍地說：「格里西亞不會用劍，就連劍都拿不好。」

我翻了翻白眼說：「我是祭司，最多再算上死靈法師，又不是須要用劍的職業！」

說完就發現伊希嵐這傢伙瞪大眼看著我，好像在驚訝我居然連劍都拿不好。

明明不是用劍的職業，但我對拿不好劍這點不知爲何總覺得氣惱，沒好氣地對他說：「看什麼看！我又不像你是個聖騎士，不會拿劍也不奇怪吧！」

聞言，伊希嵐收回視線，但表情看起來始終有點古怪。

眞是怪人！

♣♣♣

我躲在小山丘上，獨角獸就在身旁，馬背上馱著寒冰騎士。

但之前伊希嵐只是被纏成黑蛋後「放置」在馬上，現在卻是被綁。

這樣一來，就算烈火騎士制伏我們全部的人，獨角獸也能獨自帶著寒冰騎士逃到只有我知道的地方，這舉動是爲了確保行動若是失敗、所有人都被抓的話，至少我手上還有能談判的籌碼。

我將腦中景象越放越遠，只看直線達到最遠距離，只掃了幾次就在遠方發現聖騎士。

其中一人的火屬性和光屬性特別高，這人八成就是烈火騎士，我還注意到伍德洛的計算稍有差錯，烈火騎士的隊伍其實只有八個人。

「格里西亞、格里西亞！」

「幹嘛？」我的注意力仍舊放在烈火騎士身上，隨口回答伊希嵐，但卻突然好奇起來，問：「對了，烈火騎士叫什麼名字？」

伊希嵐沉默了一下後，低喊：「你、你眞的忘了嗎？烈火的名字是奇克斯，全名是奇克斯．烈火，而你的全名是格里西亞．太陽！」

我一怔，注意力頓時從烈火騎士轉到伊希嵐身上，莫名地問：「你在說什麼？這話到底是什麼意思？」

伊希嵐用之前從未有過的激動語氣低吼：「格里西亞．太陽！你是光明神殿的太陽騎士，是我們十二聖騎士之首！」

我是太陽騎士，是十二聖騎士之首？

我沉默好一陣子後，微笑著搖頭道：「差點就被你騙過去，你是爲了想讓我放你走，所以才編出這樣的謊言吧！」

「我沒有騙你！」

伊希嵐急急地說：「從你失蹤的那天起，審判派出八組人馬來尋找你，大地和堅石去了月蘭國，烈火和我被分派到基辛格，其他人都在國內四處尋找你。」

我斥責：「別再胡說八道了，我不會被騙的，你只要乖乖當好人質讓我們逃出搜索範圍，我自然就會放你走，不用費心編謊言。」

伊希嵐卻不肯放棄繼續說：「太陽，你相信我，趕快回聖殿去，審判他氣炸了，他說你若完好無損地回去，他就要殺了你，但你如果敢受傷回去，他就讓你生不如死。」

我脫口而出：「那我還是不要回去了！」

說完卻是一愣，我竟反射性說出這話。

「雷瑟．審判，這是審判騎士長的全名。」伊希嵐帶著點同情的語氣說：「相信我，太陽，你不會想惹火審判長，他是你唯一懼怕的人。」

為什麼要怕他？我冷哼了聲說：「你的謊言有個最大的破綻！」

「破綻？」伊希嵐面露不解。

「沒錯。」我微笑著說：「你是不是忘記伊果剛才說過的話？我連劍都拿不好呀！怎麼可能是聖騎士！你也太不會說謊了，你還不如騙我是光明神殿的教皇，說不定我還更可能相信你。」

「……」

伊希嵐果真啞口無言，不再胡說他的謊言。

我嘲諷地笑了下，隨即注意到烈火騎士一行人已快要到第一個陷阱處了，見狀，我連忙對第一陷阱處的隊友下指示。

伊希嵐突然說：「不要傷害烈火，不然你會後悔一輩子。」

「我不會殺他，我可不想被光明神殿追殺。」

我一邊下指示一邊回答，回完這話後，伊希嵐就沒再說話了。

連鎖陷阱，啓動！

首先是第一關卡，美人計。

讓希貝兒和優娜倒在路邊，根據她們兩個的說法，聖騎士絕對沒辦法不管倒在路邊的無助女士，所以烈火騎士一定會帶上她們，正好給她們兩人混進隊伍的機會！

「這招對其他人或許有用。」伊希嵐突然開口說：「不過烈火一向大剌剌的，同時烈火騎士本就是十二聖騎士最粗暴無禮的一個，他不會也不須要體恤女性。」

「你爲什麼不早說？」我有點惱怒地低吼。

「我沒有必要幫助你們吧。」伊希嵐淡淡地回答。

唔！這話還眞是讓我無法反駁，畢竟他可是人質又不是同伴，使絆子才是對的，之前那種幫忙煮飯的態度才奇怪呢。

我不滿地說：「可你就不能多合作一次嗎？」

他、他居然給我轉過頭去，一副不想理我的樣子！這、這是什麼態度呀？到底他是人質還是我是人質？

遠方，烈火騎士那傢伙還眞的視若無睹地越過希貝兒和優娜，繼續他的趕路，我甚至都可以「看見」優娜和希貝兒臉上的表情有多尷尬。

原本一聽到這個計畫，她們要負責混進那群聖騎士中時，兩人都不知道有多高興呢，就差沒說出好想快點見到暴躁美男子的話來。

沒想到第一步就失敗了！我恨恨地罵：「什麼烈火騎士！根本是個冷酷無情的傢伙！」

話一說完，伊希嵐突然厲聲低吼：「他不是無情，而是太有情！太陽你失蹤以後，烈火幾乎立刻就出發去找你，從那天起，他就把自己和小隊員都逼到極限，他搜尋的範圍是我們當中最大的，他是爲了你才對她們無情！所以你什麼都可以忘，但絕不能忘記烈火永遠都是最支持你的人！」

聽見伊希嵐的激動語氣，同時注意到他的心跳又急又猛，完全不像是在說謊的樣子，我不得不開始認眞思考他說的話。

但怎麼想都覺得自己不可能是太陽騎士，我忍不住問他：「我不會用劍、滿腦子都是錢和身材好的美女，甚至會使用死靈法術，這到底算是哪門子的太陽騎士？」

想起希貝兒不斷在我耳邊唸著太陽騎士有多完美，高貴優雅、外貌俊美，還是一個超級善良的好人，這……我頂多就沾個「俊美」吧？這還是從希貝兒願意揹我七天猜出來的，否則我還眞不知道自己長得好不好看。

伊希嵐沉默一下，低聲說：「十二聖騎士不盡如世人想像，但我們盡力去做，不讓他們失望。」

他停頓了一下又說：「我一開始不明白你在做什麼，所以沒拆穿你，後來你又在這支隊伍面前施展黑暗魔法，破壞太陽騎士的形象，我不能在其他人面前說明你的眞實身分。」

原來如此，難怪他總是一副欲言又止的樣子。

這又對上了，難道伊希嵐沒有說謊嗎？我、我眞的是太陽騎士？

「伊希嵐。」

我叫了他一聲，伊希嵐只是靜靜地回望著我，一如之前，他總是盯著我看，對其他人完全沒興趣。

我十分抱歉地說：「我眞的不記得自己是誰，也不認得你和烈火騎士，所以不管你說的話到底是眞是假，我現在的夥伴都是伍德洛他們，我只想盡力不讓他們失望，但我答應你，除非萬不得已，不然我不會輕易傷害聖騎士。」

聞言，伊希嵐只是「嗯」了一聲，但隨即又想起什麼來，補充說：「太陽，別相信那個奇怪的女孩，她非常可疑。」

「你看到紅詩了？」

看見伊希嵐點頭，我無力地笑了下，說：「對一個失憶的人來說，每個人都很可疑。」

伊希嵐乾脆地說：「那就懷疑所有人，不管是紅詩或這支冒險小隊，甚至是我和烈火。」

我愣了一愣後，點頭答應：「好！」

再次把注意力放到遠方時，我直接朝那裡轟下一道閃電，但瞄準的對象卻不是烈火騎士一行人，而是優娜和希貝兒，我幾乎可以從她們張大的嘴中聽見尖叫聲了。

「如果有兩名女士被攻擊，命在旦夕，烈火騎士還會拋下她們不管嗎？」我笑著說：「如果他還是無動於衷，我真要重新估計一下，爲了五千枚金幣和這種……傢伙槓上，到底値不値得了。」

停頓一下，我還是去掉「冷血無情」的形容詞，雖然對於伊希嵐的話我只能半信半疑，就像對待紅詩一樣，但半信半疑也有五成機率可能是眞的呀，所以我不想再用難聽的話套在烈火騎士身上。

伊希嵐和紅詩都只能各信一半，至於伍德洛他們，直截了當地說一句「他們根本沒有危害到我的能力」，所以不須擔心他們會害我。

也因此，現在我最相信的人是他們。

那擊閃電過後，聖騎士們的腳步終於停下，他們回頭看了一眼，露出遲疑的神色，卻沒有回頭救援，而是整齊劃一地看向烈火騎士，等候指示，紀律還眞是不錯。

善良、有紀律，這幾名聖騎士還是對得上希貝兒和優娜的讚美。

烈火騎士皺緊眉頭，看著是萬分不願意，卻一點都沒有拖延，直接回頭去救援兩人。

聖騎士們對兩人施展治癒術，簡單問話和搜尋周遭環境卻沒有發現異狀後，烈火騎士自己及另一名聖騎士各自揹起希貝兒和優娜，毫不遲疑地繼續趕路。

接下來就是我的工作了，跨上獨角獸後，我帶著伊希嵐進行自己負責的任務，那就是領著烈火騎士到處溜搭，好讓伍德洛他們有更多時間做陷阱。

原本我以爲這會是個輕鬆的工作，尤其是我可以騎馬，追兵卻是徒步還揹著兩個女人。

結果卻是一場沒日沒夜的要命逃亡，常常我的腳才下地，讓快裂成兩半的屁股休息一下，乾糧剛咬兩口，立刻就發現那些聖騎士又近得快追上來了，只能火燒屁股似地跳上馬繼續逃。

那些聖騎士簡直像是不用休息！他們一直緊追在後，速度是不比獨角獸快，問題是耐力卻比這匹馬好多了！

當獨角獸跑在大道上時，他們就不知道從哪裡變出馬來，逼我不得不讓獨角獸再回到森林裡，林中地形崎嶇沒有道路可言，獨角獸免不了蹦蹦跳跳，顛得我只能每隔一段時間就在屁股上施展治癒術，免得聖騎士沒追上，我就自己先重傷。

一進到森林後，聖騎士們就會跟著下馬，又是步行追蹤。

雖然獨角獸在森林來去自如，不像一般馬難以行進，但牠的背上現在有兩個人和行李，負擔沉重還不能跳得太誇張，免得背上的人和物摔一地。

我又驚又怒：「他們到底從哪裡變出的馬？」

伊希嵐解釋：「雖然這裡不是忘響國，但離邊界不遠，光明神殿在這裡還是很有威望，聖騎士不管是想打探消息或是跟附近農家徵召幾匹馬都是很簡單的事情。」

該死！居然沒想到這點，當初聖騎士還離得很遠的時候，我就該立刻逃跑，而不是擔心他們追不上，一開始還讓獨角獸別跑太快。

但我都已經讓他們不得不帶上優娜和希貝兒，難道她們沒辦法拖慢對方嗎？還是說，這種速度已經是拖慢後的結果了？

再這樣下去遲早會被追上，如果還沒逃亡到目的地就被追上，肯定沒好下場！既然如此，我還不如乾脆主動出擊！

「哼！烈火騎士，走在這世上的神是嗎？」

我冷哼了一聲。

「我就去會會你，就不相信你真有那麼神！」

雖然不知道聖騎士在白天和晚上的強大程度有沒有差別，伊希嵐聽到我想去偷襲烈火騎士後氣得不想理我，根本不肯回答，但我想他們的神都叫作「光明神」了，最好別挑太陽高掛的時候去突擊他們，更何況晚上本來就是偷偷摸摸的好時間，對於聚集暗屬性也比較有利。

最後我決定今晚就去偷襲他們，起碼也要製造幾個傷者出來，好拖慢他們那種恐怖的趕路速度。

根據亞奇的理論，做壞事一定要戴東西在臉上。

所以我先把亞奇貢獻的小刀打扁弄成一個歪七扭八的鐵片面具，穿過繩子後綁在臉上，再穿上優娜的祭司袍，在袍子上罩了暗屬性，撿來一根直樹枝當作法杖，最後在臉上覆蓋住一層暗屬性，大功告成！

全都妥當後，我有八成把握地轉身問：「像不像死靈法師？」

「不像。」

伊希嵐直接搖頭，說：「沒有死靈法師會穿白色的法袍，除了這點，光看頭髮顏色和面具沒遮住的臉，烈火也能認出你。」

我愣了一愣後，反問：「你在說什麼？我已經用暗屬性罩住臉了，哪有沒遮住的臉？還有『白色』到底是什麼意思？」

伊希嵐沉默不語，表情複雜得讓我難以判斷，似乎是難過、悲傷，不對，好像又有點像憤怒。

「綠葉說你瞎了，這果然是真的？」

「綠葉？我瞎了？」我疑惑地說：「我沒瞎，看得見你。」

「是嗎？」伊希嵐的語氣帶著怒火，果然是憤怒嗎？他低吼：「那你告訴我，我的頭髮是什麼顏色？」

我不解這傢伙到底在生什麼氣，百思不解之下，我只能反問：「『顏色』是什麼？」

伊希嵐又沉默了，這次的表情肯定是難過！他嘆了口氣說：「算了，你把臉上的面罩改成全臉式的，然後把頭髮和袍子都用濃到肉眼能看見的暗屬性遮好。」

「濃到能看見？」只需要一點點屬性就能看得見吧？

「就是要很濃就對了！」

伊希嵐看起來很堅持，一直說如果不這樣做的話，一定會被認出來，而他可不希望烈火發現偷襲他的人居然是我，這樣會讓烈火很難過……

爲了不被認出來——或者是爲了讓伊希嵐閉嘴，我只好再次打扁一支小刀，將半臉面具改成全臉，又用更濃烈的暗屬性籠罩頭髮和袍子，要是這樣還能認出來，我、我就決定不聽伊希嵐的話了。

這次，伊希嵐總算滿意，終於肯閉上他的嘴，這讓我鬆了好大一口氣，這傢伙只要一沒有旁人在就會喋喋不休，跟之前在伍德洛他們面前冷酷冰山的模樣大不相同，完全就是一個吵死人的傢伙！

我拍了拍獨角獸的頸側，吩咐：「獨角獸，帶著寒冰騎士在這裡等著接應我，不准偷跑，敢跑就有你好瞧的！」

獨角獸點了點頭，還湊上來舔著我的手，看在牠還得接應我的份上，這次就讓牠多舔幾口。

將滿手口水在獨角獸的鬃毛上抹乾後，我立刻踏上夜襲之旅。

光明神呀！祢可要保佑我，一定要突襲成功……呃，就算被突襲的對象是祢家的十二聖騎士，祢也不可以偏心呀！

屠龍第六招

「打倒旅途中的敵人」

給自己加上神翼術奮力跑半小時後，我就找到烈火騎士一行人。這距離比我想像中要近太多了，讓我嚇出一身冷汗，要是剛才再和伊希嵐聊個兩句，說不定就會被追上。

但當我走得更近些時，才發現對方竟在休息，營火看起來已經燃燒有一段時間。既然已經追到這麼近的距離，爲什麼不繼續追？難道是以爲還很遠嗎？不解之下，我只能幫自己多加個聖光護體，一邊觀察一邊隨時準備跑路。

這些聖騎士根本不是希貝兒一直唸著的「優雅帥氣強大的聖騎士」形象，一個個以亂七八糟的姿勢躺在地上，靠著樹根、直接躺在泥土地，或者乾脆枕在同伴大腿，這些姿勢都在述說著一件事。

他們非常疲累。

這些聖騎士看起來都一樣，又髒又累還睡得像頭死豬，我根本分不出來哪一個是烈火騎士！

而且他們居然沒有派人守夜？

就只有優娜和希貝兒還醒著，這兩人就坐在「散落一地」的聖騎士中央，她倆看起來有些倦色，但和旁邊的聖騎士一比，反而是最有精神的。

不過就算再怎麼有精神，聖騎士不可能派兩個外人當守夜人吧？

眼前景象讓我十分懷疑，如果自己是一個可以不顧希貝兒和優娜性命的壞人，現在只要聚集大量雷電屬性直接轟幾道雷電下來，說不定「走在這世上的神」就會升天了。

再次走近幾步，這時，一股濃濃的汗臭味傳來，眞是又酸又臭，簡直像食物酸敗的味道，眞虧希貝兒和優娜還能那麼自在地坐在他們之中。

這時，希貝兒似乎已經發現我了，正驚疑不定地轉頭看來，只是有點遲疑不知該不該出聲，而一地的聖騎士卻沒有任何人發現，甚至沒有人動一動。

我沒有貿然靠近，只是走出樹下陰影，希貝兒瞪大眼，我連忙對她做出噤聲的手勢，甚至撤掉籠罩在臉上的暗屬性，但她還是皺緊眉頭看著我，似乎沒有認出我的樣子。

這是爲什麼？我明明已經撤掉臉上的屬性了。

我突然想起來，伊希嵐堅持要我戴上全臉面具，該不會……

我脫下面具。

希貝兒一愣後鬆了口氣，她扯扯優娜的衣角，示意她看向我，原本正面對著火堆發呆的優娜轉頭過來，一看見我，她差點驚呼出聲，還連忙用手捂住嘴巴。

我不得不注意到她們看著我的時候，總是用臉對著我……不對！是用「眼睛」正對我的臉。

雖然我偶爾也會有這種反射性動作，但其實自己根本不用面對任何東西也不須用到眼睛，就可以看見四面八方的景象。

伊希嵐說，我瞎了……

我伸手摸摸眼睛周圍，原來，自己眞的沒有「看」見任何東西嗎？但卻又確實看得見東西，只是看見的方式或許和所有人都不同。

爲什麼我和所有人不一樣？伊希嵐以前似乎不知道我瞎了，所以我瞞著他嗎——不對，我根本不知道自己究竟是不是太陽騎士！

不能把伊希嵐的話當眞，要懷疑所有人！

我重新戴回面具，頓時感覺安心不少，聖騎士們不會看見我的臉，省去之後被通緝的麻煩。

「格里西亞！」

希貝兒躡手躡腳走到我身邊，小小聲地說：「你來幹嘛？還沒到地方吧！」

我低聲反問：「他們趕路的速度太快，我快要被追上了，妳們爲什麼沒有拖延他們？」

希貝兒翻了翻白眼，低聲說：「你都不知道，烈火騎士好凶的，我們多說一句話，他就吼著要把我和優娜丟在路邊不管，連我們拚命跟他說不要拋下我們，有死靈法師在追殺我們的藉口都沒有用啊！」

「所以他丟掉妳們了嗎？」

希貝兒理所當然地回答：「當然沒有，我們不是還在這嗎？」

「妳也知道！」我哼了一聲後說：「他要丟的話早就丟了，何必吼半天，這就是一個刀子嘴豆腐心的傢伙！」

希貝兒不甘心地回嘴：「誰知道他會不會真的丟掉我們呀！你又沒見過他吼人的樣子，真的很凶耶！烈火騎士本來就是十二聖騎士裡最凶的一個了。」

「我……」

我正想說自己當然知道，卻猛然停下話來，似乎也沒那麼理所當然吧？我又不認識烈火騎士，搞不好他真的會覺得希貝兒和優娜太過麻煩，選擇丟掉她們兩個，畢竟他一開始就不想帶上她們兩人，不是嗎？

「你總算上勾了嗎？」

我一愣，聽到這話的同時，身旁的泥土地突然爆開，底下跳出一個人，我平時只把注意力放在地面上，只有在找骨頭的時候才會搜尋地下，因此根本沒發現底下藏著人。

這人身形高大，綁著凌亂張揚的短馬尾，手持一把烈焰型巨劍，火和光屬性比那一地的聖騎士還要高出很多。

直到這時，我才想起來伊希嵐的冰和光屬性高得驚人，而烈火騎士和他同為十二聖騎士，他的屬性強度當然不可能與其他普通聖騎士差不多！

但橫七豎八躺在地上的聖騎士明明就有八個人！因為人數沒有錯，我才沒有警覺，難道是有一個聖騎士剛剛歸隊？太大意了……

烈火騎士瞬間就壓制住我，還將一把巨劍橫在我的脖子前，但我卻對它視若無睹，反而看向希貝兒和優娜，努力壓下聲音中的顫抖，故作鎮定地說：「為什麼騙我？」

兩人都面露愧疚，吞吞吐吐地說不出半句話來。

希貝兒和優娜一定知道烈火騎士不在地上那堆聖騎士裡，卻沒有對我示警——不對，她們肯定知道烈火騎士打算伏擊我的計畫，她們是跟著一起作戲的！

烈火騎士突然大笑起來，說：「好、好！居然不把我看在眼裡，這還是第一次有人敢這麼做！為了表示一點敬意，我就讓你毫無痛苦地下地獄！」

我把注意力放回烈火騎士身上，淡淡地回答：「可以，只要你不介意那八名聖騎士得跟著我一起去。」

烈火騎士一僵，急急地怒吼：「你是什麼意思？」

「雖然是在裝睡，但他們的疲累果然不是裝得出來的。」我冷笑一聲，說：「這些聖騎士累到我用黑暗鎖鏈鎖住他們，再用骨刺從地底下對準他們的心臟以後，他們才察覺到自己被制住了呢！」

烈火騎士扭頭一看，自家小隊員個個都在奮力掙扎，但鎖鏈實在纏得太緊，他們根本無法掙脫，只能稍微扭動身軀。

烈火騎士第一時間卻不是著急而是滿臉憤怒，他竟對著聖騎士大吼：「快掙脫啊！你們在搞什麼東西？居然被人當作人質，知不知道恥字怎麼寫！」

其中一名聖騎士大喊回應：「試過了，但掙脫不開啊隊長。」

聽到這回答，烈火騎士終於皺了眉頭。

剛聽到他吼這些聖騎士，還擔心這傢伙真的不在乎他們呢，結果只是在試探狀況嗎？我趁機說：「看在屬下的性命上，奇克斯，你到底要不要放開我呢？」

他立刻轉過頭來看著我，疑惑地反問：「你叫我什麼？」

「黑暗鎖鏈！」

我一聲大吼，密密麻麻的黑色鎖鏈從地底竄出，圍繞在烈火騎士的身周後猛地收縮，繼伊希嵐以後，第二名聖騎士加入黑蛋的行列。

我瞬間將烈火黑蛋往後拖拉一段距離，離自己遠一點，畢竟祭司……法師不適合近身戰。

烈火騎士看了看身上的鎖鏈，反應卻不怎麼激烈，似乎根本沒有被鎖鏈纏成一個巨大黑蛋般，他譏笑道：「拿黑暗屬性魔法來對付十二聖騎士？你怎麼不拿根火把去蒸乾一條河的水啊？」

「通電！」

我使出從獨角獸那學來的雷電魔法，雷電從天空打下，順著黑暗鎖鏈電擊烈火騎士全身。

「呃！」

這電流足以電死一般人，烈火騎士卻只是悶哼一聲，隨後發出光屬性想要消融黑暗鎖鏈，但他一消融，我又立刻束縛上新的鎖鏈，而且每次都附贈強大電流。

幾次下來，烈火騎士居然還能開口說話，讓我突然有點贊同「走在這世上的神」的形容詞了，這傢伙眞的不太像是人。

他十分懷疑地問：「居然能多次施展這麼強大的魔法，你到底是誰？」

聽到這個問題，我忍不住心頭一顫，自己比誰都更想知道答案！

我懷著緊張的心情，卻故作輕鬆地問：「伊希嵐說，我是太陽騎士，你信嗎？」

烈火騎士猛地爆發出光屬性，竟在一瞬間將身上的黑暗鎖鏈都消融掉，幸好我留了一份心，剛才拖拉他的方向是遠離其他聖騎士，這讓綁住其他聖騎士的黑暗鎖鏈沒有受到影響，我手上還是有人質可以威脅他。

他冷哼了一聲後，說：「你想再一次用胡說八道引開我的注意力做一些小動作嗎？作夢！」

話音剛落，他突然急馳狂奔，明明手持巨劍，速度卻快得驚人，我反應過來想用人質威脅對方時，他已經停下腳步，人卻也在我面前、伸手可及了。

我大驚，一邊準備魔法，一邊用話拖延：「別亂來，難道你不顧屬下的性命了嗎？」

「你有種就動他們試試，我會讓你恨不得沒出生！」

他一邊大吼，一邊伸手大力地揪住我的衣領，直接把我的臉拉近到他眼前十公分，惡狠狠地說：「我不知道你怎麼制伏寒冰，肯定是某種骯髒手段，但你如果以為我會像寒冰那樣正大光明，讓你有機會耍骯髒手段的話，那你就錯啦！只要能揍扁你這傢伙，讓你別再礙事，他媽的我什麼也不顧！」

礙事？我愣了一愣後想起來，脫口：「對了，你在找太陽騎士，但伊希嵐他真的說我是太陽騎士——」

「閉嘴！」烈火騎士氣得臉孔扭曲，他使盡全力地怒吼：「你才不可能是太陽！絕對不可能！」

絕對不可能？原來如此……

我面無表情地問：「我絕對不可能是太陽騎士，所以，伊希嵐果真在騙我？」

烈火騎士勃然大怒地吼：「這種小手段沒用，所以把你的嘴給我放乾淨！太陽才不是你這種垃圾！他永遠都不會傷害聖騎士，絕對不會！」

吼完，他就舉著大劍朝我砍來，但黑暗鎖鏈立刻纏上他的手，阻礙他的下砍動作，雖然他迅速用光屬性驅散鎖鏈，但這短暫一滯也足夠讓我逃離他的掌握。

我連連後退好幾步後大喊一聲：「骨牢！」

森森白骨破地而出，層層疊疊出一道骨製的白色牆壁，但烈火騎士卻根本無視這道牆壁，手上巨劍一揮，骨牢就像是紙糊的，被劈碎一大塊。

骨牢！我隨即補上更多層白骨牆。

「不准再砍了！」我對他吼：「除非你想要看著你的聖騎士死！」

說話的同時，我收緊八名聖騎士身上的鎖鏈，但他們卻只是開頭痛哼了一聲後就再也沒發出聲響，不過這麼一聲也足夠了，烈火騎士停下劈砍的舉動，他用氣炸的表情看向那些聖騎士，彷彿想過去砍他們幾刀，然而就是沒有繼續攻擊骨牆。

雖然這傢伙口口聲聲說有種就殺，但顯然嘴硬心軟，真聽見自家聖騎士的哀號——不！那根本算不上哀號，只是一聲悶哼而已，他就停下來不敢再動手。

色厲內荏的傢伙，呵！

既然我不是太陽騎士，那就不須要在意伊希嵐說的話，什麼傷害烈火騎士一定會讓我後悔終生，呵，騙子！

我毫不客氣地對烈火騎士說：「你，刺自己一劍！」

烈火騎士一聽，眼睛睜大到都快裂開了。

優娜大叫：「格里西亞，別這樣做，他們只是想要回寒冰騎士而已，沒有想要對我們做什麼！」

「所以妳就相信他說的話，甚至幫他來騙我？」

我嘲諷地回話，同時保險起見，還用骨頭做成許許多多的刀，全都懸吊在那些聖騎士的上方。

「住手啊啊！」

烈火騎士舉起他那把烈焰巨劍，但隨即又把刀放下來了，在我眞的把骨刀架在一名聖騎士的脖子上之後，他終於不再假裝自己不在意這些屬下，他在意得很！

他氣得連氣音都顫抖起來，低吼：「不准把刀架在我副隊長的脖子上！」

果然挑對人了！我微笑起來，從剛才開始就是這名聖騎士一直在負責回答烈火騎士的問題，我就覺得這人和其他聖騎士有點不一樣，原來是副隊長。

「格里西亞，別這樣！」優娜的聲音急得都快哭出來了，她帶著泣音喊：「你放開他們吧，烈火騎士是光明神殿的十二聖騎士呀！他們從不說謊，他真的只是想救出寒冰騎士而已……」

優娜的聲音突然消失了。

一股刺痛感突然從背上傳來，我這才發現自己的背上正插著一枝箭矢，而不遠處的希貝兒正舉著弓。

烈火騎士趁機舉劍砍來，我只來得及後退一步，正想對一個聖騎士動手作爲警告時，腦海卻閃過伊希嵐說的話，傷害聖騎士會後悔終生……

這麼一個遲疑讓我再來不及反應，巨劍就從我的左肩位置斜斜地往下滑過胸口，順勢劃出一道巨大的傷口。

肚腹一痛，我整個人被烈火騎士踹得躺倒在地，而他又直接衝上前用膝蓋壓制住我的腹部，那把烈焰大劍再次橫在我的脖子前。

但這眞的沒有必要，我可以跟他保證，自己已經痛到爬不起來，沒辦法聚集大量屬性，可惜我也痛到沒辦法開口說話。

「格里西亞！」

希貝兒和優娜兩人跑過來，剛才還拉弓射我一箭的希貝兒這個時候卻著急地對烈火騎士高喊：「烈火騎士，你答應過我們不殺他的！」

「所以他還活著。」烈火騎士頭也不回，只用冷冷的語氣回答兩人。

我疼得表情扭曲，卻還是忍不住扯了扯嘴角自嘲，還以爲自己之所以活著是因爲即時後退了一步，怎麼這原來是烈火騎士手下留情的結果嗎？

「但、但是他都傷得這樣重了，你別壓著他呀！」優娜見烈火騎士不聽，她既著急又無可奈何，只得連忙跟我說：「對不起，格里西亞，你別亂動，烈火騎士不會傷害你的。」

喔？除了殺掉我，我眞的不知道他還能怎麼傷害我更深一點。

烈火騎士一邊大吼「就讓我看看你到底長什麼鬼樣居然敢冒充太陽」，一邊伸手來抓我的面具。

這時候，我突然不想掙扎了，就讓他看看我的臉也好，確認自己到底是不是太陽騎士，就算以後因爲長相曝光而被通緝，也全都沒有關係了。

就告訴我！是或者不是？

伊希嵐是不是眞的在騙我？

面具一離臉，烈火騎士瞪大眼，驚呼出聲。

「你……」

♣♣♣

「你」？

「你」眞的是太陽騎士？

還是，「你」是某個被通緝的死靈法師？

「你」這個字的後面到底是接什麼話呢？

我不知道，如今面前早就沒有烈火騎士，也沒有希貝兒和優娜，我忍不住用手摀住雙眼，哪怕這舉動其實阻止不了自己看見東西。

我大吼：「爲什麼？爲什麼要在這個時候帶走我？」

「紅詩！」

爬起身來，我對著面前的小女孩大吼，但剛吼完就直接噴出一口血箭，隨著這口血噴出，我感覺自己強撐的最後一絲力氣也沒了，意識頓時模糊起來，在完全的黑暗降臨前，只聽見軟軟的女孩聲音，帶著一點憐憫……

「因爲他們在欺騙你，格里西亞，那個聖騎士騙了你！」

那個聖騎士？這是指伊希嵐眞的騙了我？

呵，至少他有一句話沒說謊。
懷疑所有人。

屠龍第七招

「選擇屠龍的夥伴」

意識逐漸回籠，我本想張開眼睛，但立刻阻止自己做這個無意義的舉動。

何必張眼呢？自己根本就是一個瞎子，張開眼睛這個舉動完全沒有意義，甚至可以假裝自己仍在昏迷中。

腦中景象漸漸清晰起來，但卻還是一片迷濛，完全沒有之前那般清楚，我顧不上假裝昏迷這點，立刻張開眼睛，本以爲眼睛還眞是有用的東西，自己不是一個瞎子！但張開眼後，周圍的景象卻還是霧濛濛，一點變化也沒有。

我愣了一愣，有點不明白到底是怎麼回事，直到發現這附近的暗屬性高得驚人後才猛然明白過來。

這個地方有著非常強烈的暗屬性，這讓我感知其他屬性變得困難，所以才導致周遭景象有點模糊，加強感知後，景物就一如往常清楚了。

這和眼睛有沒有張開根本一點關係都沒有！

我沉默半晌，從袍子撕下一長條的布，在雙眼部位上纏了一圈又一圈。

做完後，猛然站起身對著空無一人的周圍怒吼：「紅詩妳在哪裡？別再躲躲藏藏了，我不相信妳，我不相信伊希嵐，也不相信希貝兒他們，我不再相信任何人！」

「那很好呀。」

這一次，我不再驚訝紅詩平空出現，本想轉身面對背後的小女孩，卻臨時阻止自己，因為這舉動就和張開眼睛一樣沒有意義！

我已經「看」見她了，根本不須轉身，她就和以往一樣是小女孩的外貌，但這傢伙絕對不是什麼小女孩！

紅詩用笑嘻嘻的聲音說：「格里西亞，你越來越有模有樣了，開始恢復記憶了嗎？」

我愣了一下，反射性轉過身去，脫口而出：「妳這話是什麼意思？」

「哎呀，看來還差一點。」紅詩微笑著說：「你根本不必轉身就能夠看見我，不是嗎？」

聞言，我心裡一股氣湧上來，忍不住吼：「不要轉移焦點！紅詩，妳到底是什麼意思？別打謎語，也不准再消失了！」

我本以為紅詩這個從頭到尾都神祕兮兮的人物肯定還是不會說眞話，但她卻低垂眼簾，委屈巴巴地說：「我也是沒辦法，他們打壞我的身體，連靈魂都受到損傷，甚至還給我下了禁制，現在我沒有合適的肉體，所以得累積好長一段時間才有辦法出現在你面前呢！」

我沒想到會是這麼慘烈的狀況，態度不由得軟化，疑惑地問：「他們是指誰？」

「還有誰？」紅詩冷笑了一聲，說：「不就是那些騙你的人嗎？」

「烈火騎士？」

話說出口後，我就覺得不對，紅詩說的是「那些」，思考過後，我改口說：「聖騎士們……不，妳應該是指整個光明神殿吧？」

「答對了！」紅詩滿意地點了點頭，微笑說：「不過更正確的說法是『太陽騎士』！」

太陽騎士想騙我？我遲疑了一下，還是忍不住開口問：「但是伊希嵐說我是太陽騎士。」

紅詩突然「噗嗤」笑了出來，銀鈴般的清脆笑聲響了好一會兒後，她搖搖頭說：「格里西亞，你眞的相信自己是太陽騎士嗎？你渾身都充滿黑暗屬性，用的是死靈法術，不用會劍也不擅長騎馬，你不會眞的認爲自己是太陽騎士吧？你甚至連騎士的邊都擦不到呢！」

我啞口無言。是呀！自己到底在期待什麼呢？

紅詩突然一聲驚呼：「糟糕，我的時間又到了！格里西亞，記住，別相信任何人，你可以利用他們，但千萬別相信他們。」

不能信賴任何人？我心頭一震，尖銳地反問：「包括妳在內嗎？」

「是的，包括我。」

紅詩點了點頭後，說：「你可以自行選擇要不要照我的話去做。現在我告訴你，你已經來到失憶前想來的地方了，這裡是月蘭國境內最大的黑暗之地，特萊澤爾山谷的入口處，而你遺落的東西就在山谷最深處，去把它拿回來吧，然後你就會知道眞相。」

特萊澤爾山谷確實是我想去的地方，原本便打算把烈火騎士引到這個地方來，只是沒想到我居然原本就想來這裡？甚至還有個東西遺落在此處。

雖然我確實有意照紅詩之前指示的東北方向走，但沒想到挑得這麼準，竟然眞的找到紅詩說的地方，難道是潛意識朝著原本想去的地方嗎？

雖然我還有滿腦袋的問題想問，但紅詩的身影卻已逐漸淡去，見狀，我連忙問：「妳不能跟我去的話，那至少也告訴我，那件遺落的東西是什麼？」

「你會知道的，在你第一眼看見它的時候，因爲它原本就是屬於你的東西。」

紅詩的身影慢慢散去，聲音也如飄散在風中一般，越來越虛無縹緲。

「就像你知道，那匹獨角獸是屬於你的……」

消失之前，她伸出手指向某個角落，原本空無一物的地方居然出現一匹獨角獸，甚至就連伊希嵐都照舊被綁在上頭，但他雙眼緊閉、心跳和緩，明顯是昏迷狀態。

紅詩完全消失後，我還站在原地思考醒來短短幾天經歷的眾多事件，想到最後才想起來自己可是被砍了一刀重傷的人，若不快點療傷，可能會流血過多而死——呃！

我的傷呢？

胸前居然一點傷口也沒有，甚至沒有血跡，若不是衣服確實破了一條大口，我恐怕還眞會懷疑自己是不是只是作了場夢，其實根本沒有被烈火騎士砍傷。

顯然是紅詩幫我治好傷口，照著她的話去做，應該沒有問題吧？畢竟她也只是要我去拿回屬於自己的東西而已。

雖然腦袋一片混亂，誰在說謊誰又在說眞話，我眞的搞不清楚，但至少到現在爲止，紅詩從來沒有傷害過我。

她帶著我找到獨角獸，既是代步工具又是強大助手，又給我一本《死靈法術大全》，讓我能施展魔法有自保能力，再從奇克斯．烈火手中把我救出來，甚至連我的傷都治好了，更把獨角獸和人質帶來，一路走來全是幫助！

我對獨角獸招了招手，後者挺高興地衝過來，一上來就是猛力舔舔舔，我反手給牠一記敲馬腦袋。

「這麼愛舔我！你是眞把我當食物呀？」

話說回來，獨角獸這種動物到底是吃什麼的呢？我好像從來沒看過牠吃東西，大夥都忙著逃亡，而且獨角獸也沒要過食物，我們這一行人竟然就這麼完全忘記餵馬這回事了！

吃草嗎？在我們沒注意的時候自己低頭啃草了？馬吃草好像很合理，應該就是這樣吧？

我遲疑地看向獨角獸，牠仍舊堅持和我的手不離不棄，猛用舌頭表達對這隻手的愛意。

……總不會是吃人維生的吧？

我立刻抽回自己的手，獨角獸立刻發出不滿的鳴叫聲，我反手再敲牠一記腦袋，牠哀叫一聲後沮喪地低垂馬頭，委屈得想把馬頭埋進地裡。

見狀，我又心軟了，好歹這傢伙到目前為止都很聽話，讓牠舔一舔手也沒什麼關係，只要不吃我就好。

「你這傢伙總是用舔的，從來沒咬過我，應該不是吃人維生的吧？」

我有點遲疑地伸出手去，那匹馬瞬間抬頭伸出舌頭舔上來。

真搞不懂，一隻手到底有什麼好舔的呀？就算牠是吃汗水維生的，舔兩下也就清潔溜溜了，這隻手現在除了馬的口水，哪還有別的東西——等等！莫非是……

我遲疑地把光屬性聚集在自己手上。

即使沒有使用魔法，我的身上也會聚集少量光屬性，大概是祭司的本能吧，若要說這手上能有什麼，也就只有這個了。

聚集完後，我開始觀察獨角獸的舉動，那匹馬竟然興奮得鼻孔噴氣、馬蹄猛跺地面，雙眼還放出貪吃之光……什麼？既然我看不見顏色，那怎麼看得見雙眼放出什麼光？

如果有匹馬的眼睛瞪得比桃子還大，口水還流了一張馬臉那麼長，不須看得見顏色，我都能知道牠雙眼放出的光八成比聖光還亮。

接下來，我坐在一顆石頭上，一隻手撐著下巴，伸出另一隻手，無奈地讓一匹馬吃牠的「飯」。

「原來你是眞的把我當食物！難怪你這麼愛舔我，也不排斥寒冰騎士，原來是把我們兩個都當成食物了，你眞是匹饞馬！」

說是這麼說，但搞清楚牠的食物後，我還是聚集更多的光屬性，讓牠舔到高興爲止。

畢竟，現在這匹饞馬可是我唯一的夥伴了。

我苦笑了一下，看著獨角獸喃喃：「這麼說起來，我還眞該給你這個夥伴取個名字才對。」

聞言，獨角獸居然放棄舔食立刻抬起頭來，還迫切地叫了兩聲。

「原來你這麼想要名字呀？好吧，讓我想想用什麼名字好呢？」

作。

我揪著眉頭思考起來。

這時，獨角獸用頭拱了拱我後輕咬我的手，牠不斷重複「拱我」和「咬手」的動作。

「手？」我有點迷惑地反問。

牠拚命搖了搖頭，停了一會兒，改為聚集大量光屬性。

我若有所悟地說：「光？」

獨角獸大力點著牠的長脖子，接下來又輕輕用頭上的角輕碰我，然後不斷重複這個動作。

「角？」我有點遲疑地說。

獨角獸更用力地點頭了，點完頭後，牠用一種非常期盼的眼神看著我——別再問我為什麼瞎了還看得見期盼的眼神這種東西。

如果有匹馬，眼睛瞪得比桃子還大，不斷發出比平常高八度的鳴叫聲，馬蹄還焦急地往你身上扒的話，大概只有瞎子、聾子，加上全身觸覺壞死的人，才會不知道這匹馬有多期盼。

在馬背上的伊希嵐還眞可憐，他在上頭肯定睡得不怎麼安穩。

「你別急，讓我想想嘛！光和角、光……光和角！」

靈光一閃，我驚呼：「我明白了，原來你就叫作——」

獨角獸停止所有動作，瞪大眼看著我，連大氣都不敢喘一下。

「小白！」

「……」

這還是我生平第一次看到獨角獸跌倒。

「光和角不都是白色的嗎？呃，應該是白色的吧？至少我的常識是這麼說的，既然你是指光和角這兩種白色的東西，所以你叫作小白這就沒錯了，都有名字了，還吵什麼吵啊你？」

我沒好氣地敲了小白腦袋一記，斥責：「就算有名字也不用興奮得跳來跳去吧！再吵沒有晚餐吃！」

小白不敢跳了，卻改成嗚嗚叫，不過我這次倒是沒阻止牠，反正這山谷入口安靜到實在有點嚇人，有點聲音也好。

給小白取好名字後，我開始觀察周圍環境，左右兩邊都是懸崖峭壁，只有正前方是朦朧不清的平地，迷濛的原因是因爲暗屬性實在太濃厚了，而我也不想再次加強感知，太吃力了。

前方應該就是特萊澤爾山谷，現在是照紅詩的指示走進去，或者一走了之，帶著小白和寒冰騎士繼續被人追殺？

我苦笑了一下。

其實根本沒有其他選擇吧？

烈火騎士都看見我的臉了，除非自己願意永遠這樣沒有記憶又被人追殺地過下去，否則就只能照紅詩說的話去做，一步步取回屬於自己的東西和力量，有能力對抗任何人，到那時才有餘力慢慢分辨謊言與真話。

「格里西亞！」

在這種陰森的地方突然聽見有人喊自己的名字，要不是聲音很熟悉，我能嚇出病來！

這是先行過來布置陷阱的伍德洛等人，他們幾個正小跑步從山谷裡頭跑出來，朝著我的方向狂奔。

亞奇的速度最快，他第一個抵達後大力朝我的背一拍，我吃痛地轉過身去面對他時，他突然爆出鐘鳴般的大叫：「格里西亞，你的眼睛怎麼啦？」

伊果和伍德洛隨即也跑過來了，他們吃驚地看著我的雙眼。

我這才想起來雙眼還蒙著布條，連忙拆下來對他們說：「沒事，我只是剛才眼睛有點不舒服，所以先蒙著而已。」

「已經好了吧？可別嚇我們，眼睛有問題可是大事，要是看不見就完啦！」

伊果的大手抓住我的臉，一張大臉靠近猛瞧我的雙眼。

伍德洛擔心地問：「要不要先出去找人治療看看？有可能是生病了。」

「找什麼人治療？格里西亞自己就是個超強祭司耶，連他的治癒術都治不好，這還有得治嗎？」

亞奇這話講得眞不吉利，但表情卻是皺眉擔心。

「祭司的治癒術不是萬能的，若是一般疾病，治癒術的效果並不好。」

伍德洛向他解釋一番後轉向我，問：「格里西亞，你應該也是用治癒術治療後發現效果不好，才想先用繃帶纏著吧？」

我、我也只能點頭了，根本不知道自己爲什麼是瞎的，眼睛外觀看起來和其他人差不多，不像受過傷，難道眞如伍德洛說的是生病了？

「糟糕，眞的可能是病了。」伍德洛擔憂地說，他一把推開伊果的大腦袋，將手橫放在我額頭上。

伊果擔心地連連追問：「怎麼樣？格里西亞他沒事吧？」

「好像沒有發熱。」

我仔細感知著他們三人的神色，每個人看起來都是憂心忡忡，沒有任何一個人有異樣的表情，之前明明都說要拆夥了，現在卻又……

「還是先出去吧，帶格里西亞去看病。」

這可不行！我還得找那件遺落的東西是什麼呢！連忙說：「不用了，烈火騎士可能快追上來，而且我眞的沒事了。」

「眞的？」伍德洛有點懷疑地問。

「不行就別亂來啊！」伊果大聲嚷嚷。

別相信任何人。

我的胸口突然竄過一陣刺痛，勉強說：「眞的沒事。」

亞奇拍了拍我的背，說：「要眞的沒事呀！人要是瞎了，就算眞的賺了一千金幣也不划算啊，想娶個漂亮美女都看不見長相！」

伊果也用力點頭贊同。

我這個眞瞎子倒是不太能理解，既然都看不見了還在意美醜幹嘛？身材好就夠了啊！

「說到一千金幣，差點忘記跟你說句『做得好』！」伍德洛拍了拍我的肩膀，輕聲說：「眞是辛苦你了。」

伊果大聲說：「眞夠佩服你的呀！格西里亞，你竟然能從烈火騎士手中逃脫，有你的！」

希貝兒和優娜就背叛了我。

「怎麼啦？怎都不說話？」亞奇有點疑惑地問：「該不會是眼睛又痛了吧？」

「還是痛嗎？」伊果緊張兮兮地說：「那還是像伍德洛說的，乾脆出去看病吧？」

希貝兒甚至射了我一箭！

「格里西亞？」

「我眞的沒事！」我爆出十足燦爛的笑容，說：「只是有點累而已，但我可以騎獨角獸休息，所以沒問題的，現在快點出發吧，不然要是被烈火騎士趕上就不好了。」

一聽到烈火騎士可能會趕上來，眾人嚇得立刻出發。

沿路十分安靜，伊果和亞奇被伍德洛警告過不准再跟我吵吵鬧鬧，免得打擾我休息，所以兩人乖巧得很，一聲都不敢吭。

伍德洛走在獨角獸旁邊跟我解釋特萊澤爾山谷的狀況，聲音還放得特別輕，簡直把我當作聲音大點就能震死的重病患。

「我們先到特萊澤爾山谷後，就按照你的計畫先進入山谷的外圍布置，但卻發現奇怪的事情。」

「什麼事情？」我正聽著他的輕聲說話聽得有點昏昏欲睡，總算有件事情足夠勾起注意力。

伍德洛皺緊眉頭，憂心地說：「特萊澤爾山谷本來就是月蘭國境內前三大黑暗之地，裡面應該充滿不死生物和暗屬性魔獸，但我們發現走得深入一點後，居然就沒有不死生物了。」

這麼一小段路不說話，亞奇大概快悶壞了，馬上插嘴說：「等你的期間，我們就想要進去看看，不過嘛，雖然沒有不死生物，還是有厲害的魔獸在裡面，所以我們沒敢走進去。」

不死生物絕跡？我愣了一愣，這特性讓人有熟悉的感覺，說不定和紅詩說的遺落物品有什麼關聯。

我忍不住開口提議：「那我們進去看看吧！」

伍德洛愣了一愣，遲疑地說：「可是我們還帶著昏迷的寒冰騎士，這不太好吧？」

「不要緊，他短時間內不會醒來。」我毫不在意地說：「你把他當成小白的馬鞍就好了。」

「小白？誰是小白？」伍德洛、亞奇和伊果都露出不解的表情。

我沒好氣地回答：「除了獨角獸以外，這裡是還有誰的背上能放馬鞍？」

眾人瞪大眼睛，好一會兒後，亞奇尖叫：「你把一匹獨角獸叫作小白？」

我立刻否認：「不是我，獨角獸自己說牠叫作小白。」

獨角獸突然大聲鳴叫，馬蹄狂跺，時不時還激動得直立起來，可憐的伊希嵐喔！肯定只有作惡夢的下場了。

「……你確定？」

我肯定地點頭道：「對，牠自己比手畫角說的。」

「牠哪裡來的手？」伊果愣愣地問。

「比著我的手，揮舞牠自己的角。」我理直氣壯地說：「不然你們說嘛！我手上的聖光是白色的吧？牠的角也是白的吧？」

三人都點頭同意。

我有點慶幸，還好沒猜錯，更挺起胸膛說：「所以牠叫作小白有什麼不對嗎？」

「這麼說也對，原來牠真的叫作小白。」

伊果第一個點頭贊同我；亞奇則聳了聳肩，看來根本不在乎獨角獸叫什麼名字；伍德洛遲疑了，但見所有人都同意，他也只有跟著點頭同意。

獨角獸嘶叫得更大聲，牠還真興奮啊！有名字真的這麼開心呀？

伍德洛終於忍不住說：「但你不覺得牠也很有可能叫作『聖光角』之類的名字

嗎？」

獨角獸突然發出震天鳴叫，還用力地跺著馬蹄。

「吵死了啦你！再吵沒晚餐吃！」我對小白怒吼完後，轉頭說：「你不覺得一匹馬還咬文嚼字是件很奇怪的事情嗎？而且『聖光角』這三個字又那麼難唸，小白不是簡單明瞭的好名字嗎？」

伍德洛不得不同意：「這、這麼說也是，那就叫小白了吧。」

我理所當然地點了點頭。

獨角獸喪氣地低垂馬頭。

伊果一邊伸出手去摸摸牠的馬頭，一邊說：「小白這個名字真不錯，比聖光角順口多啦——啊！你居然咬我，放開啊！痛死啦！」

「好了，我們出發吧！小白，放開伊果的手掌——我是說，放開他整隻手臂。」

♣♣♣

接下來，我們深入山谷，終於開始不悠閒了，前方不斷出現許多暗屬性的生物擋路，尤其是不死生物，簡直像是草原上的雜草一般多，走兩步就擁上來一大群。

一開始，伊果和亞奇還玩鬧般地攻擊那些等級不高的不死生物，甚至打賭誰能收拾掉更多。

走得越深入，大家越開始發現不對勁，不管再怎麼攻擊，不死生物根本沒有減少，反而越來越多，甚至連那些本該一打就跑的低級不死生物都像不要命似地前仆後繼衝上來。

最後，相較於我們這邊的五個人加一匹馬，對面的不死生物簡直像是一支大軍！

「快撤退呀！」亞奇大聲尖叫。

「怎麼回事？」伍德洛難得失態地張大了嘴，驚呼：「我們之前進來根本沒有這麼多不死生物靠上來啊！」

伊果這個戰士則是盡責地舉起劍，雖然劍尖抖成八字形。

「大概是因爲我、小白和伊希嵐的關係吧。」

我若有所悟地說：「我們身上都充滿聖光，在那些暗屬性的不死生物眼裡，大概就像火把一般明亮，雖然不死生物應該要怕光屬性，不過這裡是它們的大本營，恐怕被激怒的情緒大過害怕，反而成群結夥地撲過來了。」

「那、那現在要怎麼辦？」

站在最前頭的戰士伊果，聲音顫抖得像是快哭出來。

「別擔心。」我淡淡一笑，說：「我們只要變成它們，那就沒有問題了，不死生物是不會攻擊同類的。」

「變成不死生物？」亞奇立刻用怪腔調大叫：「誰要變成它們！好死不如賴活，我才不要這麼年輕就死翹翹啦！」

我沒好氣地說：「我比你年輕多了，你不想死，難道我會想死啊？我都沒喊撤退，你怕什麼？」

「那你要怎麼做？」伍德洛冷靜地問。

我還來不及回答，伊果就大吼：「戰神在上，不管你要怎麼做都快做！它們衝過來啦！」

聞言，眾人立刻擺出應戰姿態，亞奇拔出匕首站在伊果背後，伍德洛則是變成一頭熊佇立在戰士身旁。

這倒是讓我有點吃驚，面對這麼多不死生物，他們居然還能保有鬥志嗎？或許自己眞的太小看伍德洛這支隊伍了。

不過就算這樣，我還是沒打算和一支不死大軍動手，畢竟眞正的敵人是後方的烈火騎士。

驅散一身聖光後，我開始聚集暗屬性，這可比聚集聖光簡單多了，畢竟山谷裡的暗屬性濃到讓我始終覺得周圍一片霧茫茫，隨便聚集就一大團濃稠到可以當球踢。

我用這些暗屬性罩住所有人。

不死生物們的衝刺煞停了，像是突然失去人生目標，一個個停滯在原地不知要去哪，少數不死生物還在四處找尋目標，卻也找不到任何東西，不久就開始漸漸散去，很多甚至直接路過我們身邊，卻完全沒有抛過來一眼。

見狀，原本緊張兮兮的伍德洛三人放鬆下來，紛紛收起武器，伍德洛也重新變回人樣。

「原來是這麼回事，你早說嘛！」亞奇大聲叫嚷：「說清楚點呀！什麼變成不死生物就好，你是想嚇死人啊！」

「格里西亞，我要揍死你！」

伊果說到做到，他收起劍就衝過來抓住我，還把我的頭夾在他的胳臂中，然後舉起拳頭，這讓我開始緊張，伊果該不會眞的要揍我吧，那我是要揍他還是讓他反被揍呢？

結果他把拳頭壓在我的頭頂後猛轉。

「哈哈哈！癢死了啦！」一邊癢得笑出來，我一邊大力抗議：「是你們自己誤會的，根本不關我的事啦哈哈哈——」

「你這傢伙還敢狡辯！」

聽到我的話後，亞奇也加入拳頭轉頭的行列。

伍德洛在一旁搖了搖頭，一副拿我們這群孩子沒辦法的樣子，明明他的年紀看起來跟伊果根本差不了多少。

打鬧一陣子後，我突然掙脫開伊果，淡淡地說：「你醒了？寒冰騎士。」

大夥都停止嬉鬧，轉頭看向小白的背。

伊希嵐已經睜開眼睛了，卻一直保持沉默也沒有掙扎，只有眼球左右移動，看起來是在觀察周圍環境。

他不解地喃喃：「我怎麼會昏過去？」

這肯定是紅詩的功勞，但我以爲紅詩會一直讓伊希嵐保持昏迷不醒，免得他說的話讓我又開始懷疑紅詩，沒想到她根本沒這個打算。

伊希嵐轉頭看我，輕輕地問：「烈火沒事？」

「沒有。」我冷哼了一聲，忍不住諷刺道：「還精神好到差點把我劈成兩半！」

聞言，伊希嵐愣了一愣後竟問：「烈火不知道自己劈的是你吧？」

「他看見我的臉了。」我冷冷地說：「而且他還說我絕對不可能是太陽騎士。」

伊希嵐的表情眞是一片茫然，我從他的神色和心跳表現都看不出異樣。

伍德洛敏感地問：「什麼太陽騎士？你們在說什麼？」

我遲疑了一下，仍舊開口解釋：「這傢伙爲了想逃走，騙我說我就是太陽騎士，還要我跟他一起走。」

「你是太陽騎士？」

亞奇張大了嘴。

我們三個齊齊捂住耳朵。

「這怎麼可能啊！哈哈哈！笑破我的肚皮啦！」亞奇一邊大聲笑一邊叫嚷：「如果格里西亞是太陽騎士，那我就是教皇吧！」

可憐的伊希嵐喔，因爲被綑綁住了，手沒辦法去捂住耳朵，只得接受亞奇的大嗓門轟炸。

可惜一個人就只有兩隻手，雖然我們三個都很同情他，卻沒有多餘的手可以幫他捂一下。

好不容易，亞奇終於停下狂笑，我這才放下手，同情地朝伊希嵐的耳朵丟一個治癒術，後者的表情看起來似乎有再次昏厥的傾向。

伍德洛低聲喃喃：「還好不死生物的聽覺並不特別敏銳，不然恐怕會引來全山洞的不死生物。」

「可憐喔！」我同情地揉揉伊希嵐的頭，順便把他的頭髮揉得亂七八糟，免得他看起來太帥。

伊希嵐冷冷地看著我。

不知道爲什麼，被他這麼一瞪，我突然有種大事不妙的感覺，連忙轉移話題說：「伊希嵐，既然你說自己認識我，那你仔細看看，有沒有覺得我身上少了什麼東西？」

沒想到他毫不猶豫地說：「少了很多東西。」

「我是說，有沒有少了什麼很重要的東西？」我仔細解說：「我一直帶著從不離身的東西，現在卻不見了。」

伊希嵐認眞打量，過了好一會兒，他點了點頭說：「那的確缺少一樣東西。」

「少了什麼？」我激動地問。終於、終於可以知道自己到底不見什麼。

我們所有人都拉長耳朵等著聽答案。

伊希嵐十分認眞地回答：「少了一個繡有太陽標誌的小袋子，那是我送給你裝甜點用的，你從來不離身。」

「……」

如果紅詩要我去找的東西是個裝甜點的袋子，我一定把她剁碎做成甜點！

這時，伊希嵐突然補充：「好像還有一條項鍊，不過你大概一個月前才開始戴它。」

我皺眉，只佩戴一個月聽起來時間很短，但這也不能說明什麼，項鍊總比甜點袋子來得有可能是重要物品。

「那條項鍊是什麼模樣？」

伊希嵐搖頭說：「我沒注意過，只是聽刃金說他瞄見你戴著一顆很大的寶石，不知道從哪裡偷來的，他要去跟教皇舉報你貪污。」

「……刃金騎士叫作什麼名字？」

「萊卡．刃金。」

我惡狠狠地說：「我記住他了！」

「是嗎？」伊希嵐喃喃：「那他一定會很感動，除了審判騎士長以外，你居然多記得他的名字，以前你叫他的時候，一向都是叫他『萊姆』或者是『史萊姆』。」

「史、史萊姆？哈——」

亞奇又要大笑出聲，幸好伊果即時捂住那傢伙的嘴。

「我都叫他史萊姆？」我好奇地問：「那我叫你什麼？」

「……」

「喂，說話啊？」我催促著說：「除非你又是騙我的！不然爲什麼不敢說？我到底叫你什麼？」

「……」

屠龍第八招

「誤入歧途」

我們繼續朝山谷深處走，由伍德洛在前方帶路，走得更深入一點時，我發現狀況就如他們說的一樣，不死生物逐漸變得稀少，到最後幾乎快絕跡。

但他們不知道的是隨著深入山谷，暗屬性也越來越稀薄，取而代之的是水屬性。不死生物越來越少的理由很明顯，因爲這裡的暗屬性稀薄得不足以支撐它們行動。

但爲什麼在這個暗屬性稱霸的山谷中卻有一塊地方瀰漫著水屬性呢？

當我正思考之際，伊希嵐用簡單扼要的問題打斷我的思緒，他問：「去哪？」

這傢伙還眞是有外人在場的時候，就從囉嗦變成惜字如金，雖然也不時露餡暴露多話屬性，但他似乎還是不肯放棄搖搖欲墜的冰山形象。

我遲疑了一下，還是說出來：「我要去找個東西。」

「原來你是想找東西嗎？」前方的伍德洛突然開口問：「你認爲那個沒有不死生物的區域有你的東西？」

「嗯。」我點了點頭。

「是什麼東西？」亞奇興奮地插嘴問：「該不會是寶物吧？」

我聳肩說：「我也不記得了，只是感覺自己好像掉了東西，一定得找回來才行。」

找不回來一定會有非常恐怖的下場！

雖然紅詩她從頭到尾都沒說過這話，但我有種強烈的感覺，如果不把那東西找回來，自己的下場肯定比變成不死生物還慘！

「糟糕了。」走在前頭的伍德洛突然回頭說：「格里西亞，要走哪條？」

我愣了一愣，這才注意到路已不再是筆直一條，分成了兩條岔路，岔路的中央是一大片的灌木林和荊棘叢，看起來不太可能從中間橫越過去，勢必要選擇一條路。

我完全不知道該走哪條路，兵分二路看來也不可能，伍德洛他們三人的實力獨自成一組太讓人不放心……我偏著頭看向獨角獸和上頭的寒冰騎士，這也能算是一組吧？

「好！我們走左邊，小白和伊希嵐走右邊。」我拍了拍小白的馬脖子，說：「有發現奇怪的東西就回頭來找我，給你吃光屬性當獎勵。」

小白十分開心地大點特點馬頭，而馬背上的伊希嵐繼續冷瞪著我。

我直接忽視他的眼神，對小白下令：「出發吧！」

「喂！你這樣也太殘忍了吧？」伊果難以置信地瞪大了眼。

「好歹讓他有隻手能動呀！」亞奇怪叫：「要是遇上危險，他全身都不能動是能怎麼辦呀？」

「的確有點殘忍。」伍德洛有點遲疑。

我面無表情地說：「如果你們三個加起來打得過他的一隻手，我就解開那隻手的束縛，怎麼樣？要不要現在測試看看？」

他們三人只花一秒就非常統一地決定：「那還是不要解開好了。」

我白了他們各一眼後拍了下小白的屁股，示意牠可以走了。

小白毫不畏懼地走上右邊的道路，伊希嵐也一如既往，只要有旁人在就幾乎不說話，所以他沒有抗議，只是安靜地被小白載著走。

剩下的人就朝左邊的道路走去，我們這組人可比不會說話的獨角獸和不肯說話的伊希嵐吵鬧多了，亞奇一直不斷鬧我，逼我回想到底是要找什麼。

「就像伊希嵐說的是一顆寶石吧。」我硬著頭皮回答，反正「可能」這個詞就只是可能嘛！

「寶石！有多大？」一聽到寶石，亞奇立刻瞪大眼。

我沒好氣地說：「大概跟你的眼睛一樣大吧！」

亞奇的眼睛立刻瞪得更大了，喂喂！難道你以爲這樣寶石就會變得更大嗎？

「格里西亞。」

伍德洛突然慢下腳步，慢慢退到我旁邊，猶猶豫豫地喊我一聲。

「什麼？」

我轉過頭去看著伍德洛，雖然「轉頭看人」這個動作對我來說沒什麼意義，但爲了避免伍德洛他們發現我的眼睛不對勁，還是得裝裝樣子。

他有些遲疑地說：「我總覺得寒冰騎士有些古怪。」

我沒好氣地回：「他本來就是個怪人，你忘了嗎？他甚至還說我是太陽騎士呢！」

「不！不是那方面的怪。」

伍德洛立刻搖了搖頭，仔細解說：「我總覺得，他身爲十二聖騎士之一應該不會這麼弱，尤其我以前在忘響國的時候聽說過這一任寒冰騎士的劍術相當不錯，所以他不應該就這麼被我們抓住，而且還逃不掉，我覺得他是根本就不想逃！」

我停下腳步，疑惑地問：「他不是十二聖騎士最弱的一個？」

伍德洛、亞奇和伊果三人都拚命搖頭。

我沉默了一會兒，又問：「他和烈火騎士比起來，誰比較強？」

這次換伊果開口說：「應該是寒冰騎士強！寒冰騎士的劍術還挺有名氣，但我倒是沒聽過有人說烈火騎士的劍術好不好。」

烈火騎士很強，我幾乎沒辦法用暗屬性制伏他，所以當時怎麼能夠制伏更強的寒冰騎士？

「所以，他打從一開始就是故意落敗的嗎？」我喃喃完，發現三人的表情看來有點緊張，連忙說：「就先別管他，反正他現在讓獨角獸帶走了，礙不了我們的事。」

伍德洛遲疑地說：「那我們的原本計畫呢？」

「當然還是照原定計畫。」我冷冷地說：「就算暗屬性制伏不了他，我也自然有別的辦法。」

「好吧！相信你就是了。」

我自信地點完頭，帶著好奇心問：「那現在我想問一下，前方那三尊奇形怪狀的東西也屬於不死生物嗎？」

我的手比著不遠的前方，從剛才就發現有三個奇怪的東西靠近，雖然它們的確有暗屬性，卻不是很多，反而大多都是金屬性，讓人覺得十分奇怪，到目前爲止，我還眞沒看過什麼生物是金屬性居多。

而且它們的外表也眞的很怪，我從來沒見過這種東西……呃！我是說，「從」我醒過「來」。

它們頗爲巨大，高度大約是一個半的成年男人，而且外形十分「方正」，雖然有人的基本雛形，頭、身體和四肢都不缺，但顯得非常粗糙，那顆頭甚至是四方形的，兩隻手還長短不一。

眞有點像是做壞的娃娃，只是這娃娃超級巨大，金屬製，還會動，完全不適合孩子玩。

三個巨型金屬娃娃的外形略有些不同，或者應該說，歪七扭八的程度不一樣。

伍德洛三人朝我比的方向看去，然後全都愣住了。

該不會他們也不知道這是什麼吧？我十分懷疑，伍德洛這支隊伍有時看著確實是資深、甚至有點實力的冒險隊，有時卻又挺讓人無言。

三人突然一起尖叫：「是魔操僕役！」

我本來還想問「魔操僕役」是什麼，卻發現身旁三個同伴居然消失無蹤了，他們居然叫完就拔腿跑走！

總算伍德洛還有點良心，回頭大喊：「格里西亞，快跑啊！魔操僕役是鍊金術師做出來的東西，力大無窮，速度也不慢，而且不管怎麼打都不會疲累，總之就是快逃呀！」

我連忙邊跑邊給自己加上神翼術，沒多久就追上跑在最後頭的伊果。

「格、格里西亞，我、我也要神翼術！」他邊跑邊用哀求的眼神看我。

哼哼！敢丟下我先跑嘛，看看誰才眞的跑得快！

看在伊果眞心懺悔哀求，我大方地給他加上神翼術。

接著，我倆輕輕鬆鬆地跑到伍德洛和亞奇身旁，等著他們兩個跟我懺悔。

伍德洛轉頭看了我們一眼，沒露出懺悔的表情，倒是露出視死如歸的絕望神情。

我明白爲什麼他有這種表情，因爲後頭那三尊魔操僕役發出的聲響已近在咫尺，我立刻各丟一個神翼術給伍德洛和亞奇，所有人開始全力衝刺。

後頭那三尊卻比我們還要快，它們根本沒有腳，而是用輪子滾動，這要是跑得贏，我就改行當車不當人了！

這樣下去不是辦法，我朝後方丟出一個個攻擊魔法，希望可以拖慢它們的腳步。

「骨牢！」

它們直接撞破骨牢，似乎完全不覺得有撞上障礙物。

「黑暗鎖鏈！」

它們揹著一堆鎖鏈，速度未減，繼續向前跑。

「雷電魔法！」

它、它們怎麼好像跑得更快了？難道它們是吃電的，而我幫它們加電了嗎？

伍德洛一邊跑一邊說：「格里西亞，它們對魔法有很強的免疫力，這些都沒用！」

「那怎麼辦？」我眞的欲哭無淚了。

我們四個裡跑最慢的人是我和伊果，而伊果起碼是個戰士，我卻是祭司兼職死靈法師，要是眞被後頭的龐然大物抓到手，肯定立刻成爲死靈大軍的一員，或者更慘，連加入的機會都沒有，直接變成一堆碎肉。

亞奇大叫：「一開始不就說了嗎？快跑啊！」

你倒是輕鬆！它們都已經跑到——我的背後！

我一邊轉身一邊抽出腰間的寒冰神劍，魔操僕役的巨掌朝我揮下，這手掌比人頭還大，要是打實了，我的腦袋大概會變成被馬車輾過的番茄。

不得已，我只得隨便揮劍往頭上一擋。

鏗！

沒想到這根像冰棒一樣的東西居然眞的能擋下攻擊，而不是碎成一堆冰屑，果眞是好棒！以後我一定恭敬地稱呼您爲「神棒」！

這時，魔操僕役突然一個上鉤拳，打中神棒的劍刃，但神棒不愧是神棒，劍刃沒斷，不過我還寧願它是斷了。

斷了起碼剩下半把，被打飛出去就半把都不剩了。

「……」

我看著空空如也的手，沒了神棒，面前卻站著三尊不怕魔法而且拳頭比頭大的魔操僕役，這下死定了！

面對魔操僕役揮來的巨掌，我只能往旁邊一閃，靠著加上神翼術的速度，勉強躲過前幾擊，但這三個魔操僕役似乎有基本的智力，它們形成三角包圍圈，慢慢地把我圍在裡面，根本沒有空隙可以逃走……

「吼！」

一聲巨大的熊吼震得人耳朵生疼，大熊奮力撞開其中一個魔操僕役讓包圍圈出現空隙，我整個人被伊果從圈中撈出去。

「你、你們？」我非常、非常地驚訝。

伍德洛變成熊型態，正在和兩個魔操僕役搏鬥，亞奇則引開一個，伊果把我撈出去後舉著劍去支援伍德洛。

從來沒想過他們三人居然會回頭來救我，他們不是打從綁架寒冰騎士的事情之後就決定要捨棄我了嗎？

明明就說過，等到販賣獨角獸的錢分完就要分道揚鑣了，不是嗎？

爲什麼還要回頭救我!?

伊果大吼：「格里西亞，能不能讓聖光護體更強一點啊？」

「還有我呀，神翼術要再快一點！」

亞奇的聲音忽左忽右地傳來。

眼見情況危急，我也顧不得滿腦子的疑惑，站起身就開始聚集光和風屬性。

「格里西亞，小心！」

「聖光護體。」

我加強眾人身上的聖光護體，同時卻聽見亞奇的示警，突然感覺不太妙，全面感知之下倒吸了一口氣，沒想到背後竟出現第四個魔操僕役！

它朝我揮下巨掌，「砰」的一聲，我往側邊飛出去，卻沒怎麼受到傷害，因爲我並不是被打飛，是被撞開的，而撞開我的也不是魔操僕役，是獨角獸小白！

「謝了。」

有聖光護體，我沒受到什麼傷害，跌坐在地上心有餘悸地對小白道了聲謝，牠卻沒餘力回答我，因爲牠正用角架住第四個魔操僕役和對方鬥力。

見狀，我連忙提醒：「小白，別用雷電魔法，它反而會變得更強！」

聽到小白嘶叫一聲回答後，我趕緊幫牠加好聖光護體和神翼術，到這時才有餘力去注意其他人的情況，卻眼睜睜看見他們被魔操僕役打中好幾次，幸好聖光護體確實牢牢保護了他們，看起來沒人受到太大傷害。

但隨著每一次的打擊，聖光護體的厚度變得越來越薄，我只得不斷幫他們補充。

雖然沒受到重傷，他們看起來卻非常疲累，尤其亞奇，他力氣不大，塗著毒藥的飛鏢對於金屬做的敵人一點用都沒有，他根本沒辦法對魔操僕役造成傷害，只能跑來跑去地以身爲餌將僕役引得團團轉。

現在到底該怎麼辦？伍德洛他們遲早會撐不住，而小白不能使用最擅長的閃電魔法，看起來也陷入僵局，牠沒有辦法對魔操僕役造成什麼致命傷害。

我正煩惱時，亞奇正好一個失誤，險些被地上的石頭絆倒，身體一歪後被魔操僕役狠狠拍飛出去，整個人撞在牆壁上又摔到地，根本站不起來，即使有聖光護體，也被巨大衝擊撞得七葷八素，老半天爬不起來。

幸好，那尊被亞奇引得團團轉的魔操僕役對他失去興趣，反而朝我衝刺過來，讓他逃過一劫。

這對我來說卻是糟糕了，魔法失效後，我就拿魔操僕役沒有辦法。

快想想，除了魔法以外，我到底還會什麼？

「太陽，快放開我！」伊希嵐此時高喊提醒。

沒辦法了，我一邊後退閃躲魔操僕役的攻擊，一邊消去他身上的黑暗鎖鏈，一心二用的結果就是閃躲時狠狠摔了一跤，膝蓋直接著地，右膝甚至正中地上一塊石頭，當場就聽見東西裂開的聲音。

我跌坐在地，痛得只能抱住膝蓋，一時根本爬不起來。

劇痛中，我朝膝蓋施展治癒術，才治好傷想爬起來繼續逃跑時，心中危險警訊狂響，感知之下，魔操僕役居然已經在我背後……

都到這種要命時刻，爲什麼還想不出來除了魔法和治癒術以外，我到底還會什麼技能？

伊希嵐，你居然還敢叫我太陽，如果我眞的是太陽騎士，爲什麼在這種快死的狀況下都還是想不起任何騎士該會的招式！

「格里西亞！」亞奇驚呼出聲。

我抱住頭部，準備迎接劇痛，或者是，永恆的黑暗。

鏗！

伊希嵐直衝過來，途中彎腰拾起地上的神棒，準確無誤地擋下那一擊，成功挽救我的小命。

他一邊揮劍和魔操僕役戰鬥，一邊大吼：「我要輔助神術！」

聞言，我立刻幫他加上聖光護體，在施展神翼術的時候遲疑了，到底該加多少風屬性才是正確的？

此時，伊希嵐孤身一人引開所有魔操僕役，讓氣喘吁吁的伍德洛他們終於停下來，因爲僕役數量增加，他的情況看著是越來越危急了。

他催促：「太陽，還有神翼術！」

不管了！先加了再說，如果他速度太快撞牆受傷，那、那我至少還可以幫他施展治癒術嘛！

「神翼術！」

我決定用第一次施展神翼術的風屬性數量，也就是讓亞奇直接撞破牆壁的速度，這其實有點冒險，若伊希嵐無法掌控這種速度就糟糕了，但直覺卻不斷在告訴我這種風屬性的量是對的！

一定有人可以駕馭這種速度，否則一開始，我不會反射性使用那麼多的風屬性，肯定是因爲習慣了才會順手施展出來，如果伊希嵐眞是我的同伴，那他是不是就是那個可以駕馭這種速度的人呢？

「這樣太快了吧！」亞奇大聲尖叫：「格里西亞，你用錯了嗎？」

我沒有回答亞奇，只是專注在伊希嵐身上，隨時準備補充聖光護體和治癒術。

伊希嵐完全沒有摔倒的跡象，他的速度快得就像是風一般，輕輕鬆鬆把四個魔操僕役引到一起，這才開始一起對付它們。

這讓伍德洛三人通通沒事幹了，跑來跟我站在一起，集體用崇拜的眼神看著伊希嵐。

直到現在這一刻，我才眞正開始理解爲什麼伍德洛他們會這麼崇敬十二聖騎士，甚至用「走在世上的神」來形容他們。

就連我這個不懂劍術的人都能在伊希嵐的打鬥過程看出他的劍術有多好。

那把銀白色的神棒被他揮成一圈圈弧線，流暢得讓人找不出一絲不美的線條，加上伊希嵐本身俐落迅捷的身法，他的打鬥美得像是一場舞蹈，我甚至覺得神棒和魔操僕役相撞出的清脆鏗鏘聲眞是再棒不過的配樂。

不過這都不是重點，重點是他以一對四還很明顯地佔上風，不像我們根本沒辦法對魔操僕役造成傷害，他每次揮棒都是有效打擊，不時還會用冰魔法輔助攻擊或者防禦，不過十幾分鐘，那四個魔操僕役就被他打得七零八落了。

最後，當魔操僕役看起來像是壞掉的玩具、連敵人在哪都找不到，只會在原地亂揮亂打時，伊希嵐往後跳開一段距離，施展出幾根巨大冰錐，將那些不會閃躲的魔操僕役通通砸成一堆廢鐵。

看至此，我呼出長長的一口氣，讚歎：「你的速度好快，簡直就像風一樣。」

「風？」伊希嵐緩緩收起劍，搖了搖頭說：「我沒有那麼快，暴風才眞的像風一樣快。」

「暴風？」

這次不須要我問，伊希嵐便自動說明：「希歐·暴風，十二聖騎士之一，也是你的得力助手，你的所有公文都是他和你的副隊長接手完成。」

「……那我在做什麼？」

伊希嵐沉默了一下後，說：「做你現在正在做的事情。」

「我現在正在做的事情？」我滿頭霧水地說：「我現在沒在做什麼事情呀——等等！你要去哪裡？你可是我的人質，不要自己到處亂跑！」

伊希嵐卻仍舊轉身就走，步伐不疾不徐。

「你確定？」亞奇諷刺地插嘴說：「一個沒被綁住、拿著神劍，還加好輔助神術的人質？」

我啞口無言。

伊果哭喪著臉喊：「剛剛的那些金屬怪物，我們連一對一都不行，他可是一對四啊！」

伍德洛喃喃：「說不定現在的人質是我們四個才對。」

我吞了吞口水，突然有點贊同伍德洛的說法，不過、不過可不能讓伊希嵐就這麼走了呀！他要是走了，那我的計畫該怎麼辦呀？

我連忙小跑步走到伊希嵐身邊，後者仍舊保持他的步伐，我緊張地問：「喂喂！你要逃跑嗎？」

後方傳來亞奇低聲說：「其實我覺得該逃跑的是我們才對吧！」

「不。」伊希嵐簡潔地回答。

我鬆了一口氣，但見他就這麼自顧自地走，又讓人滿頭霧水，不知他到底想幹嘛，我嘗試著問：「那你是被綁得太久有點累，所以想先逛一逛，等等再回獨角獸背上？」

「不。」

我停下腳步，有點惱怒地喊：「那你現在到底是想怎麼樣？就直接說啊！反正我們又打不過你，要殺要剮隨便你啦！」

聞言，伊希嵐終於停下腳步，轉頭跟我說：「你不是要找東西？我陪你找，等找到以後，你就跟我回去。」

聞言，我愣了一愣，腦袋快速運轉起來。

接下來的路程還不知道會遇上什麼，如果有伊希嵐幫忙，肯定能夠輕鬆度過，可說是有利無弊！

但之後眞的要和他回神殿嗎？

先答應又何妨？我微笑，反正「常識」告訴我，這世上有種東西叫「反悔」。

「好，幫我找到東西，就跟你回去。」

伊希嵐點了點頭。

伍德洛三人衝上前來，一聽到我答應了，表情看起來都是鬆了一口氣的模樣，顯然對於能夠和寒冰騎士和平共處這點感到十分高興。

我突然想起剛才的疑問，好奇地問：「對了，你剛剛說我現在正在做的事情到底是指什麼？」

「亂跑。」伊希嵐頭也不回地說。

♣♣♣

有伊希嵐在，接下來的旅途輕鬆又愉快，基本上和觀光沒多大差別，我們就負責在看見魔獸的時候驚呼一聲，接著伊希嵐就會飛快衝上前去，將各式各樣魔獸全都打飛到天邊。

隨著路途越走越深入，伊希嵐把魔獸打飛的距離也越來越遠。

亞奇嘖嘖稱奇：「哇嘩，這隻飛到看不見了呀！說不定會直接飛到山谷口去呢！」

「你很急嗎？」我愣愣地說：「幹嘛這麼殘忍地對待動物啊？」

身爲動物之一的獨角獸小白，此刻已經躲在我的背後，深怕一個不小心就被誤認爲魔獸，然後跟著被打飛出去，還得從山谷口辛苦跑回來。

伊希嵐一邊砍飛一隻牛頭人身馬腿的魔獸，一邊簡單扼要地回答：「急。」

「急什麼？」我不解地問。

「急著回去找烈火。」

說完，伊希嵐停頓住，期間還偷瞄其他人一眼，雖然帶著遲疑不知該不該說的神色，但他最後還是開口解釋：「烈火知道自己砍傷的人是你，一定很難過，我得快點帶你去見他。」

聞言，我沉下臉固執地說：「他說我絕對不可能是太陽騎士，你別再騙我了！」

伊希嵐卻毫不猶豫地說：「一定有誤會。」

好吧！我承認，他是先說出「我絕對不可能是太陽騎士」後才看見我的臉，而他看見我的臉之後，只來得及說了一個「你」字而已，那個「你」後面接的字確實有可能是「你果然就是太陽騎士」之類的話吧？

但要是伊希嵐沒騙我，那就代表紅詩在騙我？

到底是誰在說謊，我到現在依然沒有頭緒，反而越來越混亂，感覺好像誰說的話都有點道理，但這事也只能繼續觀察下去了。

我有點疑惑地問：「我以為你跟烈火騎士的感情不好呢？」

伊希嵐看了我一眼，換他有點疑惑地回應：「沒有。」

「那就是很好囉？」完全出乎我的意料之外，之前伊希嵐不是還想借刀殺人嗎？

「沒有特別好。」

「喔？」我有點好奇地問：「那跟你交情特別好的是哪個十二聖騎士？」

伊希嵐十分認真地想了想後，回答：「你。」

「我？」我比著自己時，伊希嵐點了點頭，再次肯定這點。

這時，一直拉長耳朵在聽的其他三人紛紛瞪大眼，亞奇甚至大叫：「怎麼可能啊！大家都知道，寒冰騎士是審判騎士的手下，他和太陽騎士那方是水火不容呀！」

我也聽希貝兒碎碎唸過這些事情，什麼太陽騎士是天底下最仁慈的人，審判騎士卻殘暴不仁，所以雙方水火不容。

我用著萬分懷疑的眼神看著伊希嵐，問：「爲什麼你會跟我很好？」

伊希嵐反射性地脫口而出：「因爲你很愛吃甜點。」

「我愛吃甜點」和「與他的交情特別好」，這兩件事情怎麼聽起來一點關聯性都沒有？

偷瞄了一下其他人的臉色，果然也是滿臉茫然，原來不是只有我不明白這句話，還好、還好。

「我喜歡吃甜點和……」我倆的交情好有什麼關係？

話都沒說完，伊希嵐立刻點頭說：「沒錯，尤其是藍莓口味的甜點，甜度是超級甜，本來我很苦惱你的口味這麼甜，根本沒有其他人能夠接受，所以總是要另外做，不過後來魔獄來了，他也是超級重口味的人，而且他說自己不在意甜點永遠都是藍莓口味，所以現在你倆的甜點可以一起做，這樣方便多了——呃！」

他看見我們呆滯、不敢置信的神色，猛然停下那些甜點經，不知所措地看著我。

見到伊希嵐這副模樣，伍德洛他們更加驚訝了，伊果甚至張大嘴，下巴看起來就像快要掉下來。

我倒是不怎麼訝異，早就知道伊希嵐只要沒旁人在就會變成聒噪到不行的傢伙，現在也只是變成「即使有旁人在，他還是聒噪不休」而已。

伊希嵐似乎不知該怎麼辦，只能往我背後躲，整個人都快縮到我背後去了。

我聳了聳肩對其他人說：「好啦、好啦！不管他到底是安靜還是聒噪，反正都別爲難他了，你們就當作什麼都沒聽見吧！」

伍德洛三個人倒也識相得很，雖然看來有點勉強，不過他們還是努力收起驚訝的神色，只是偶爾忍不住用眼尾偷瞄著伊希嵐，而後者早就低垂下頭，連看都不敢看我們一眼。

「原來冷酷的寒冰騎士也會臉紅嗎？」亞奇低聲嘿嘿笑著說。

「別說了，你害他臉更紅了。」伍德洛馬上低聲斥責。

臉紅了？我上下打量著頭垂得更低的伊希嵐，看不出顏色啊！可惡！從來都沒這麼想看到「顏色」這種東西。

寒冰居然臉紅了耶！如果被審判知道，他一定會叫我不要再欺負寒冰……

我停下腳步。

太陽，寒冰給了我一袋蜂蜜糖，我不喜歡吃甜食，都給你吧！

不吃就不要收嘛！

不收，他會難過的。

眾人跟著我停下來，還紛紛用疑惑的眼神看過來。

我猛然轉頭問伊希嵐：「審判騎士不喜歡吃甜食，對吧？」

伊希嵐猛然抬起頭來，急急地問：「太陽，你終於想起來了嗎？」

「不，只是有點……」我遲疑了一下，突然出現在腦海的那些話真的好熟悉，但我還是回答：「沒有，我隨便猜猜而已。」

「還是沒想起來嗎？」伊希嵐的語氣似乎很是失望，但他忍住失望，解釋說：「審判騎士長不喜歡吃甜食，但我拿給他的時候，他至少會在我面前吃幾口。」

「聽起來是個好人嘛。」我疑惑地看向伍德洛他們，不是說審判騎士非常殘酷無情嗎？

他們的表情看起來比我還疑惑，看來他們口中說的十二聖騎士事蹟恐怕有一大半都不能相信啊！

我嘆了口氣，停在一面山壁前方，敲了敲山壁，說：「伊希嵐，打破這面牆！」

「幹嘛打破牆……」

亞奇才出聲問，伊希嵐卻已照著我的話去做了，他聚集大量冰屬性，做出巨型冰錐，當我後退離山壁遠一點後，他毫不猶豫地讓冰錐朝著山壁撞下去。

巨大的撞擊聲讓大家捂起耳朵，山壁碎成眾多石塊掉落下來，揚起大量灰塵，這讓眾人一退再退，亞奇大聲抱怨：「格里西亞，你瘋了呀？幹嘛沒事叫寒冰騎士打牆壁？」

「因爲我要找的東西就在這後面。」

不少石塊還在崩落，空氣中滿布著土屬性，伍德洛他們大概還看不見東西，但我卻早就清楚看見山壁後方的東西，它散發出強烈的水屬性，就算是再厚的山壁都沒辦法阻擋我「看見」它。

看來這座山谷中之所以會有一大塊區域沒有暗屬性，反倒充滿水屬性，原因就是它了。

「那是什麼？」伊希嵐第一個發出疑問。

我還來不及回答他時，伊果就已經在大聲嚷嚷：「哇啊！這後面竟然有這麼大的山洞。」

「寶石！」亞奇突然爆出恐怖的尖叫聲。

原來那是一顆寶石嗎？我只看見非常濃烈的水屬性聚集在一起，但因爲那些水屬性實在太濃稠了，我無法感知出確切的形狀，原來它是一顆寶石。

這顆寶石居然可以有這麼濃烈的水屬性，我從未見過有哪樣東西的屬性這麼乾淨，就只有單一屬性毫無其他雜質，美得不可思議！

這還是醒來後頭一次，我覺得某個東西很「美」，不知不覺邁步走進洞中想更接近那顆寶石。

伊希嵐皺了下眉頭，出言阻止：「太陽，別走進去，我覺得這裡有點古怪。」

我頭也不回地反駁：「別叫我太陽！我是格里西亞，而且不走進去，要怎麼拿回我的東西？」

伊希嵐愣了一下，見我沒有回頭的意思，他最終還是妥協了，說：「好吧，格里西亞，先去拿回你的東西，然後就跟我去見烈火。」

走進山洞中，我走得有點跌跌撞撞，因爲水屬性太濃烈，感知受到很大的阻礙，我不得不先加強感知，才有辦法走得順利一些。

越是靠近它，我越是感覺熟悉，這麼濃烈的水屬性，自己絕對不是沒有接觸過。

這寶石確實是我的，總算找回來了！我鬆了好大一口氣，那種弄丟這東西會沒命的危機感總算煙消雲散。

走到放置寶石的石台前，我毫不遲疑地直接伸手抓住那顆寶石，掌心感覺到寶石的溫潤時，腦海突然浮現一句話：總算不會死定了！

「太陽，快出來！」

這時，伊希嵐突然大叫：「注意你的腳下！」

我不用低頭就發現腳下出現一個複雜的圖形，這是用水屬性勾勒出來的形狀，而源頭似乎就是手上的這顆寶石。

「呵呵呵，你終於拿到永恆的寧靜了嗎？」

聽到這聲音，我愣了一下，輕聲問：「紅詩？妳想做什麼？」

紅詩笑了起來，小女孩如銀鈴般的笑聲迴盪在山洞中，聽起來格外滲人。

伊希嵐衝進山洞直奔我。

雖然感覺不太對勁，但我還是沒放開手上這顆……永恆的寧靜。

寶石的名稱閃過腦海，伴隨著一些零零碎碎的記憶。

「當你拿起寶石的時候，地上的魔法陣就會啓動，配合『永恆的寧靜』，將特萊澤爾山谷中的所有暗屬性都封印進你的體內，然後，你就不再是太陽騎士了！」

……不再是？

所以，我眞的是太陽騎士？

「太陽！」

爲什麼……

伊希嵐的叫喊聽起來會那麼遙遠？

屠龍第九招

「為所欲為」

大量暗屬性不斷湧進我的身體裡，甚至在周圍形成如龍捲風般的氣流，將伊希嵐等人全都阻絕在氣流之外。

伍德洛三人本來就沒踏進山洞內部，現在更是被逼得後退好幾步，只有伊希嵐，他不但不願後退，還拚命與狂風抗爭，掙扎著想衝進來。

暗屬性湧進來的同時，我體內原本充沛的光屬性被排擠出去，但這過程一點都不痛苦，反而有種淋漓暢快的舒服感，甚至讓人想要更多暗屬性，越多越好！

「太棒了！」

最後，我幾乎把山谷內的暗屬性吸得一乾二淨，才終於滿足地嘆了口氣，從來不曾感覺這麼好，好像渾身上下都充滿力量，強大到天底下根本沒有任何值得我害怕的東西！

這時，紅詩的小小身影慢慢浮現出來，她蹦蹦跳跳到我面前，仰著臉看我，笑嘻嘻地說：「格里西亞，你感覺怎麼樣？」

「我感覺——妳非常討人厭！」

一隻巨大手掌突然從旁邊竄出來把紅詩整個人緊緊握住，就像是在抓一隻小老鼠，但這沒什麼好驚訝或者恐懼，因爲就是我用暗屬性創造出這隻巨大手掌。

巨手把紅詩舉到我的面前，我輕拍了拍她的臉頰，笑著說：「所以妳就乖乖給我消失，好嗎？」

令人意外地，紅詩完全沒有惱怒憤怒等等反抗情緒，反而露出一枚大大的笑容，用欣喜的語氣說：「看來您眞的回來了。」

聽到這話，一股怒火從心中燃起，我對她吼：「不要再說一些我聽不明白的話，妳眞的太討人厭了，從我眼前永遠消失吧妳！」

巨大手掌猛然將她從我的面前拉遠到半空上，然後使勁握緊！

原本我還期待她會哭喊求饒，結果卻是一陣尖銳的狂笑取代理應有的哭喊，在一聲分不清是大笑還是大叫的聲響中，巨掌用力一握，她整個人炸成一團灰燼。

哼！就知道她不是什麼小女孩，哪有小女孩死掉會爆炸的！

「太陽！你爲什麼要殺那個女孩？」

伊希嵐衝上前來問到一半正好看見女孩爆炸，他一怔後看向我，表情看起來還想追問，但卻突然大驚地喊：「太陽！你、你的頭髮變色了，怎麼會變成黑色的？」

「是嗎？」我摸摸頭髮，頭也不回地說：「我看不見顏色，就算你說變成黑色，但我根本不知道之前到底是什麼顏色。」

伊希嵐立刻回答：「是金色！」

接著他走到我的面前，緊張地看向我的臉，似乎發現沒有變化，整個人放鬆下來，只是疑惑地問：「只有髮色變了，你的臉沒有變，但爲什麼你要閉著眼睛？」

我好笑地反問：「爲什麼我要張開眼睛？」

伊希嵐語塞了一下，遲疑地說：「你是不須要張開，但我想看一下你的眼睛是不是也變色……」

吼吼吼吼吼吼——

我一愣，這時，伊希嵐拔出他的神棒，戒愼地問：「這是什麼聲音？」

「是龍！想不到這裡眞的有龍！」

亞奇大聲尖叫，三個人又驚又恐懼，直接跑到我身旁，簡直把我當成保鑣了。

我沒好氣地說：「幹嘛？現在就肯過來啦？剛剛不是在外面一臉害怕地看著我嗎？」

聞言，三人都露出尷尬神色，伊果結結巴巴地說：「可、可剛剛情況那麼誇張，你的頭髮又突然變黑，整個人看起來都不一樣了，好像隨時會一刀子砍過來似地，我們會怕也是當然的啊！」

誰會一刀砍過去，我都拿不好劍，好歹要說一招魔法轟過去。

伍德洛懷疑地說：「而且你不是一直背對著我們嗎？怎麼看得見我們的表情？」

我聳了聳肩，說：「我看得見所有東西，只要把感知放得夠遠，甚至可以看見那條龍，那眞是一條漂亮的暗屬性龍，雖然還是有不少雜質，比不上我的『永恆的寧靜』這麼美。」

三人看起來都是一臉不解，可能只有伊希嵐還能明白我在說什麼。

我喃喃：「那條龍看起來很生氣的樣子，不過也難怪了，牠大概是因爲這山谷的暗屬性充足才居住在這裡，但現在暗屬性全被我吸走了，牠當然生氣。」

聽完我的話後，伍德洛三人疑惑的表情一點都沒減少，反而更是滿頭霧水。

見狀，我也懶得管他們懂不懂，只是感知著遠方的那條黑暗屬性龍。

那條龍的出現有點奇怪，雖然我平時沒有把感知放那麼遠，沒發現似乎是正常的，但那條龍打從我們進山谷以來都沒有動靜，直到現在才突然發出怒吼，如果不是眞的睡太熟，多半就是和紅詩有關係。

她爆掉以後龍才現身，該不會之前是被紅詩動了什麼手腳吧？那個小女孩能制住一條龍嗎？

既然被抓爆的傢伙都能辦到，那我又有何懼？

我輕笑了一聲。眞的有龍的話，就可以實行原本的計畫了，雖然現在已經沒有實行的必要，不過這計畫感覺很有趣，用來打發時間倒也不錯。

我輕鬆地叫了一聲：「伊希嵐。」

伊希嵐聽見這聲叫喚後立刻轉頭看著我，我對他笑了笑後，他輕呼：「太陽？」

他整個人緩緩朝旁邊傾斜，最後倒在地上昏迷不醒。

我再次更正：「我的名字叫作格里西亞。」

伍德洛驚呼：「格里西亞，是你弄倒寒冰騎士？」

伊果呆愣愣地問：「你怎麼做到的啊？他這麼強！」

「先用麻痺術讓他不能動彈，再用暗屬性做的小槌子，從背後敲他的脖子……很多下。」

亞奇小聲尖叫：「你連麻痺術也會？」

我興致勃勃地說：「不只麻痺術，剛才我還想起不少好用的魔法！」

伍德洛有點遲疑地問：「但你爲什麼要弄昏寒冰騎士？」

我理所當然地說：「不弄倒他怎麼把計畫執行下去？」

伍德洛一愣，問：「你還打算繼續做？」

「當然。」

原本的計畫其實說穿了就一句話：想辦法重傷包括烈火騎士和那群聖騎士。

這些聖騎士沒有帶著可以治癒傷勢的祭司，一旦受到重傷，肯定得花上不少時間療傷，趁著他們療傷的時間，我們當然是立刻逃到天涯海角去賣獨角獸。

但這計畫有個最大的困難點，就是該怎麼重傷「走在世上的神」？這問題讓我苦惱不已，幸好亞奇提供不錯的「武器」。

亞奇當時說不遠處的特萊澤爾山谷裡，據說有一頭龍長居在那裡，所以只要我們把伊希嵐丟到龍的附近，根據他自己的說法，十二聖騎士不會拋棄十二聖騎士，奇克斯．烈火肯定得衝到龍的嘴邊搶人。

到那時，只要我們適時地把龍吵醒，就可以在一旁等著看人龍大戰了。

一頭龍和兩個十二聖騎士到底是誰比較強？

不管哪個比較強，兩名十二聖騎士應該可以從龍的嘴下逃生。

眾人勉強同意這點，所以也勉強同意這個計畫。

但見到龍的眞身以後，我才眞正明白兩名十二聖騎士恐怕不是龍的對手，他們兩個加起來都沒有龍的爪子大呢！

如果把伊希嵐丟在龍嘴邊，引誘奇克斯．烈火過來，他們兩個最後眞的能夠活下來嗎？不管如何，龍與聖騎士之爭……哈！那一定會很有趣。

「你輕易就制伏寒冰騎士。」伍德洛臉色沉重地說：「應該沒必要再利用龍來重傷他們了，爲什麼還要實行計畫？」

「因爲好玩呀！」我隨口回答完，對一旁的獨角獸小白招了招手，說：「小白，過來揹寒冰。」

小白漫步走過來時，伊果突然大叫：「小白怎麼變黑啦！」

「變黑了？」我一怔，有點興趣地喃喃：「原來，暗屬性是黑色的嗎？光屬性是白色……」

小白踏步過來的時候，我才突然想起這傢伙原本是吃光屬性的，但現在，我渾身都是暗屬性，聚集光屬性非常吃力，這樣一來，牠還肯聽我的話嗎？

不過話說回來，小白也變「黑」了，在我眼裡牠不再渾身光屬性，倒變成滿滿暗屬性，就跟我一樣。

我伸出手散發出一團暗屬性，小白立刻低下頭開始舔食那些暗屬性，看起來似乎不覺得食物有什麼改變，只是牠好似不像以前那麼活潑到讓人想揍牠，只是安靜地吃著暗屬性，這變化還真讓我有點不習慣。

「牠是不是要改名叫小黑啊？」伊果呆愣愣地看著小黑吃飯。

我白了他一眼，沒好氣地說：「取都取了，我才不想記第二個名字，就小白了！」

等到小白吃飽以後，我將伊希嵐重新放上小白的背，轉頭對大夥說：「走，去找龍了。」

「可是烈火騎士還沒到呀！」亞奇尖叫：「你不是現在就要把寒冰騎士丟到龍的嘴邊吧？龍已經醒了耶！他會被吃掉啦！」

「烈火騎士已經到了。」

我早已看見，隔著大片灌木林的另一邊，那火與光屬性沖天的火之騎士，微微一笑，說：「還帶著希貝兒她們呢！」

♣♣♣

我出現在半空中，沒有降落的意思，飄浮著低頭俯視底下那群聖騎士。

烈火騎士走在最前方，隊伍的最後面是他的副隊長，希貝兒和優娜則是被護在最中間。

「嗨！奇克斯。」

烈火騎士停下腳步，抬頭直直地看著我，這一次，我沒再戴上面具了。

半晌，他才開口說話：「太陽你的頭髮怎麼變色了？還有你為什麼閉著眼睛？」

不等我回答，他又繼續著急地問：「你的傷沒事了嗎？寒冰不是被你帶走了？他人呢？」

烈火騎士說話的口吻就像是在和一個非常熟悉的人說話，但我卻不認識他，這種什麼都不知道的感覺眞讓人討厭！

我忍不住低吼：「閉嘴，奇克斯．烈火，我根本就不認識你這傢伙！」

「你眞的失憶了？」烈火騎士一愣，喃喃：「看來是眞的，以前你從來就沒有叫對過我的名字。」

我一愣，好奇心壓過怒火，忍不住開口問：「那我都叫你什麼？」

烈火騎士訕訕地說：「你其實很少叫我的名字，不過我也寧願你不要叫，你總是叫我『奇怪廝』。」

「我一定是故意的……」

「大家都這麼認爲！」烈火騎士無可奈何地說：「你幾乎叫錯每一個人的名字，除了審判。」

「格里西亞，你眞的是太陽騎士？」一旁，希貝兒尖叫道：「不可能吧！」

「爲什麼不可能？」我冷冷地看著她，語帶威脅地說：「現在妳知道自己對誰射了一箭嗎？」

希貝兒縮了一縮，整個人都快埋到她前方的聖騎士背後。

烈火皺著眉頭說：「太陽，你眞的很不對勁，寒冰到底在哪裡？」

我無所謂地說：「在一個你再多跟我聊幾句話，他可能就會被吃得連骨頭都不剩的地方。」

烈火呆愣了一下，才眞正反應過來，他倒吸一口氣，不敢置信地大吼：「太陽你該不會把寒冰丟給龍了吧？」

我好整以暇地反問：「就是這樣沒錯，奇克斯，現在你打算怎麼辦？」

問題的尾音剛落，烈火騎士就立刻問：「寒冰在哪裡？」

「你眞的打算去救他？」連考慮都不考慮嗎？我懷疑地問：「你知道龍有多大嗎？」

烈火騎士卻沒回答我，而是立刻又問了一次：「寒冰到底在哪裡？」

我揚了揚眉，直接比出方向，就算他眞的想都不想衝過去救人，只要看見龍的大小，就不信他還不猶豫！

「照顧她們兩個。」

烈火騎士對我比了比希貝兒和優娜後，對其他聖騎士一個揮手，轉身就朝我比的方向走，更讓人驚訝的是其他聖騎士竟然也毫不猶疑地跟上，彷彿他們只是要去對付隨隨便便一隻魔獸而不是龍。

見他們眞的要過去，我連忙大喊：「等一等！你眞的打算去救他？難道就爲了伊希嵐說的那一句『十二聖騎士不會拋棄十二聖騎士』，你就打算去送死嗎？」

「寒冰這麼說？」

烈火騎士沒轉身，他背對著我，只是微微偏過頭來，反問：「那你知道這句話最開始是誰說的嗎？」

我想了想，說了一句感覺最有可能的答案：「光明神嗎？」

「是你！」

我愣住了，眼睜睜看著烈火騎士邁開大步，一行人朝龍的所在地飛奔，似乎連一秒都不願再耽擱，見狀，我望著他的背影張了張嘴，卻不知該做什麼。

「格里西亞？」希貝兒有點怯怯地走上前來，問：「你不去幫他們嗎？」

我回過神來，冷冷地對她說：「妳忘記是誰把寒冰丟給龍的嗎？我怎麼可能去救他。」

優娜用難以置信的語氣問：「你、你真的是太陽騎士？」

又來了，又是這個問題！我怒吼：「我怎麼會知道真的假的？我根本就不知道自己是誰！甚至不知道自己到底算是好人還是壞人，現在是該保護妳們兩個，還是應該痛打妳們這兩個騙子，通通都不知道啦！」

一通吼完，兩個女人看起來有些嚇壞了，她們甚至接連後退好幾步，一副不敢靠近我的模樣。

我收斂怒容，轉頭不去看她們兩人。

好一會兒後，希貝兒鼓起勇氣小聲哀求：「格里西亞，你去幫幫烈火騎士他們吧！」

我冷冷地回應：「妳沒有資格命令我！妳別忘記自己曾經射過我一箭，我現在沒回送妳一記魔法就不錯了，妳居然還敢要求我？」

話說到一半，希貝兒低垂下頭，看起來好像有悔意了。知道錯了就好，接下來再誠懇道個歉，我也不是不能原諒——

希貝兒動作流暢地轉下掛在肩膀的弓箭後射出一連串箭矢，大喊：「臭格里西亞！你到底在囟什麼囟呀！」

「妳幹什麼！」

我連忙用暗屬性結成盾牌，剛成形就有箭矢直插在上面，要是結盾速度慢上那麼一點，這箭能插我臉上！

希貝兒沒停下射箭的動作，她似乎不把整壺箭矢全射向我就不甘心，一邊射還一邊大罵：「我只是怕你眞的害死他們而已！那時候，你居然用那些聖騎士威脅烈火騎士，甚至還要烈火騎士自己砍自己一刀，眞是太過分了你！」

有了希貝兒開頭，優娜說話也大聲起來。

「沒錯！烈火騎士和他的小隊員在那時眞的很累很累了，爲了尋找太陽騎士、救回寒冰騎士，他們已經好久都不知道休息是什麼！就算這樣，他們還是願意揹著我和希貝兒前進，雖然烈火騎士嘴裡一直罵人，可是他始終沒有拋下我們，他們只是想快點救回寒冰騎士，然後繼續去尋找太陽騎士，就只是這樣而已！」

希貝兒已經射光了箭，卻還舉著弓，她的眼中流下兩行水屬性，聲音哽咽地說：「結果他們要找的人居然就是你這個差點把他們勒死的混蛋傢伙！」

我張了張嘴，卻說不出半句話。

優娜十分難過地說：「那天你突然不見了以後，烈火騎士他呆在原地好久好久，嘴裡一直喃喃唸著……」

「『怎麼會是你』？」我反射性就想到這個答案。

「不是！」

兩個女人瞪著我，整齊劃一地大喊：「他是唸著『我居然砍了太陽』！」

「去救烈火騎士！」希貝兒高聲尖叫。

「還有寒冰騎士！」優娜補充大叫。

兩個人一起加重語氣，嚴厲地說：「要好好跟人家道歉！」

……我突然有種這兩個女人比烈火騎士還可怕的感覺。

這時遠方突然傳來龍吼，她們兩人臉色頓時刷白，齊聲大喊：「格里西亞！」

「好啦、好啦！我過去就是了，妳們兩個別亂跑。」

反正我本來就要過去看熱鬧，就答應希貝兒和優娜，讓她們以爲我是要過去幫忙的也無妨。

接下來，我給兩人架好骨牆保護，就朝著龍的所在地飛行過去，一邊飛一邊擴展感知的範圍，好得知到底是發生什麼事情。

雖然我把伍德洛他們帶到龍的所在地，但卻是把他們放在一旁的山谷縫隙中，那個縫隙可以讓人進入，卻不夠容納一頭龍，整個行動我都用暗屬性牢牢包好所有人，所以龍根本就沒有發現我們。

明明就跟伍德洛他們說過，在我還沒到之前，他們只要顧好伊希嵐就好了，什麼事都不要做，不是嗎？

爲什麼我感知到的狀況卻是伊希嵐他們已經被龍逼退到縫隙的最裡面！碩大的龍頭拚命鑽，甚至張大嘴朝縫隙內噴灑腐蝕氣體，若不是伊希嵐用冰牆擋下來，恐怕他們只剩下一灘屍水了！

這到底是怎麼回事？實在搞不懂，我才離開一下子，爲什麼事情會變成這副模樣？還有奇克斯那傢伙，龍的憤怒吼聲連我都聽得見了，而他竟然眞的就這麼帶著聖騎士衝進龍所在的地方，連先計畫一下的意思都沒有！

該死！再莽撞也不是這麼個莽撞法吧！該死！

我加快飛行的速度，朝他們衝過去。

♣♣♣

當我抵達時，正好看見聖騎士們護著伍德洛三人快速朝我的方向逃來，但其中卻沒有伊希嵐和奇克斯。

我停在他們上方，冷冷地說：「你們想拋棄寒冰和烈火騎士逃走？」

「是隊長不准我們再進去礙手礙腳了！」

那名副隊長——不！是所有聖騎士的雙目全都瞪大到快裂開似地，他們的拳頭握得死緊，看起來像是在極力忍耐著什麼。

「隊長命令我們立刻帶一般民眾離開，龍已經被徹底激怒了，一定會趕盡殺絕，一定會來追我們，所以要我們不准回頭，可隊長他……」

說到這裡，那名副隊長再也說不出話來，但我卻明白他沒說完的話是什麼意思，當龍追趕上他們的時候，恐怕他們的隊長已經在龍的肚子裡了。

我轉向伍德洛三人，怒斥：「你們在搞什麼鬼？我不是說在我沒來之前，什麼事都不要做嗎？」

伍德洛看起來驚魂未定，他結結巴巴地解釋整個狀況。

「是、是一個小女孩，她突然出現，還解開你用來綁住寒冰騎士的鎖鏈，她把我們全都丟到龍的巢穴裡，還把小白帶走了。」

小女孩？又是紅詩？她竟然沒被我殺死嗎？我眞是太大意了，還以爲爆炸就是死了，該死！

伊果接下去說：「如果不是寒冰騎士和龍周旋，讓我們有機會跑回縫隙內，我們早就全死光了，但寒冰騎士的右腳被龍吐出來的酸液擊中，他拖著一隻傷腿，根本做不了什麼，我們只能困在洞裡，那隻龍還一直朝我們噴氣！」

就是我剛剛看見的那一幕嗎？

「後來烈火騎士來了，只叫這些聖騎士先帶我們走，他和寒冰騎士卻留在那裡阻擋龍……」

伍德洛的神色看起來又是敬佩又是愧疚。

我沉默不語，聽見後方傳來龍的吼聲，這才對所有人說：「你們都走吧，順便去接希貝兒和優娜，然後快滾出這座山谷，別在這裡礙事！」

聽到這話，聖騎士們露出訝異的表情，隨後卻又像是燃起希望。

「是，太陽騎士長！」

我一怔，副隊長對我點了點頭後，連忙領著隊員和伍德洛他們快速離去。

我深呼吸一口氣，感知巢穴裡的情況。

伊希嵐和奇克斯他們兩個的默契倒是不錯，他們沒有一起行動，而是朝兩邊奔跑，分散龍的注意力，若是一邊快被追上了，另一邊就會故意丟出魔法攻擊來激怒龍。

但這舉動只用了幾次就再也沒有效果，不知道是不是伊希嵐已經體力不支，所以魔法攻擊太弱，還是龍學聰明了不肯上當，牠就是死追著奇克斯不放。

奇克斯拚命逃跑，幸好對巨大的龍來說，他實在太小了一點，所以非常不好瞄準，讓他有機會逃生，有一次，奇克斯已經被追上了，但他乾脆往回跑，從龍的胯下鑽過去，雖然驚險萬分，但終究沒被龍嘴咬中，也沒被踩成肉餅。

他一邊跑一邊對遠處的伊希嵐大吼：「寒冰！你走！」

伊希嵐半拖著右腿，他的腿被腐蝕得很嚴重，而且越來越嚴重，殘留的酸液似乎頗有威力，雖然他努力壓抑不露出痛苦的表情，但滿臉不斷滴落的水屬性卻出賣了他的痛楚，即使如此，他還是拚命施展冰錐攻擊龍，想引回龍的注意力。

伊希嵐聽見奇克斯的話後沒答應，反而回喊：「烈火！你離洞口比較近，你先走！」

這兩個傢伙到底在上演哪齣戲呀？

我再也聽不下去，直接飛進巢穴裡，還刻意飛低了一些，朝奇克斯伸出手，對他喊：「握住我的手。」

看見我後，奇克斯一愣，絲毫不管龍就在他身後，竟還有時間朝我怒吼：「你不是太陽！太陽他絕對不會把寒冰丟給龍，我不需要你這冒牌貨的幫助！」

他甚至用力拍掉我的手。這個蠢傢伙！我差點沒氣死。

「烈火！」

伊希嵐想走過來幫忙，但他的右腿已經腐蝕見骨，他只能拖著一隻腳前進，速度根本快不起來。

我再次對奇克斯伸出手，語氣冷漠地說：「只說最後一次，握住我的手。」

奇克斯給的回答就是再次用力拍掉我的手。

我沉下臉，直接飛開來，那瞬間，龍一尾巴將奇克斯掃得飛出去，他整個人重重撞在山壁上發出轟然巨響，然後滑落到地面，整個人面朝下趴著一動也不動。

十分湊巧，他摔落的地方正好離伊希嵐不遠。

「烈火！」

伊希嵐撲上前去翻過奇克斯，著急地探了探他的呼吸，似乎還活著，這讓伊希嵐鬆了口氣，急忙帶著他跑進旁邊山壁的小洞穴中。

這時，我飄浮在半空中，龍注意到我，對我嘶吼好幾聲，但牠遲遲沒有發動攻擊，看起來似乎有點困惑的樣子。

大概是因爲我身上的暗屬性比牠更加濃烈，所以牠困惑了吧？

最後龍還是沒選擇攻擊我，轉頭朝著伊希嵐他們所在的小洞穴衝去。

哼！如果伊希嵐求我救他，我就考慮考慮，至於奇克斯嘛，想都不要想！

「太陽！救救……」

伊希嵐一發現龍朝他奔去，立刻大聲求救，我正滿意地想去救他時，卻聽到了後半段。

「救救烈火啊！他傷得很重，你快來救他！」

搞什麼鬼？難道這些聖騎士就不能想想自己的小命嗎？我惱怒地吼：「救你的話，我可以考慮，至於奇克斯那傢伙，那是想都別想！」

伊希嵐愣了一愣，但他立刻回過神來，因爲龍已經開始撞擊他和奇克斯所在的山洞，他把昏迷的奇克斯往山洞內側塞，用自己的身體擋住他，再使出冰牆抵擋龍嘴噴出的腐蝕性氣體。

夠了！眞是夠了！我再也不想管他們了，乾脆去找伍德洛他們吧。

我轉身飛離這個巢穴。

「太陽！拜託，至少你一定要救烈火啊！」

聽到伊希嵐撕心裂肺的叫聲，我不自覺停住飛行，滯留在半空中，明明是我自己要拋下他們，但爲什麼心裡卻感覺這麼難受？

嘖！我眞是越來越搞不懂自己了！

「黑暗鎖鏈！」

我轉過身去，一口氣放出大量的黑暗鎖鏈，幾乎布滿整座龍洞，將龍牢牢地困在其中，阻止牠的行動。

對此，這龍看起來眞是非常不高興，拚命掙扎和怒吼，黑暗鎖鏈被牠弄斷不少，但我什麼都沒有就黑暗屬性最多，斷一條就補上兩條，哪怕是龍都掙脫不了我的束縛。

這龍鱗眞有點硬啊！我偷偷用黑暗屬性化成刀戳幾下，結果就留了點刮痕，不仔細還看不出來的那種……罷了，控制住就好。

我飛到伊希嵐所在的山洞旁，他抱著奇克斯，拖著自己的一條傷腿走出來。

我俯視著他倆，不屑地說：「你們眞的是很弱耶！這樣還算是十二聖騎士嗎？」

伊希嵐卻完全不理會這些嘲諷他的話，不放棄地說：「太陽，你快救救烈火，只要用終極治癒術……」

「那你跪下來求我呀！」

聞言，伊希嵐一愣，露出不敢置信的表情。

「幹嘛那麼驚訝？」我笑笑地說：「我沒有理由無條件地救你們吧？不過就是要你跪下來求我而已，跪一下就能救兩條命，難道還不夠划算嗎？」

「你當然有理由。」伊希嵐強忍著痛楚說：「十二聖騎士不會拋棄十二聖騎士，這就是理由！太陽你還沒想起來嗎？」

「想不起來。」我無所謂地說：「不過想不起來就算了，反正我已經不在乎了，過去的事情就過去吧！從現在開始，我要遨遊整個世界，做所有我想做的事情！」

「除了聖殿，你哪裡都別想去！」

我一怔，身後竟平空出現一人，那人是……

我轉過身去直接脫口而出。

「雷瑟·審判。」

屠龍第十招

「屠龍」

雷瑟．審判，他高舉著一把充滿光屬性的劍。

當我感知到那把劍時，劍突然爆發出濃烈的光屬性席捲而來，讓我宛如被烈焰焚身，痛得差點失聲尖叫。

在此同時，腦中似乎有什麼「喀」的一聲斷裂了，許多畫面許多話語爆發出來，頓時把我的腦袋塞得滿滿的。

我難受得從半空跌落到地面上，只能抱著頭，無力地感覺這股洪流在自己腦子裡衝撞……

仁慈的光明神會原諒你的罪惡。

格里西亞，如果你沒選上太陽騎士，當祭司也很好啊，那你以後就可以幫我療傷了。

執行正義是太陽騎士的存在意義。

太陽，你看不見了，對不對？不要騙我，也不要爲了隱瞞到底，故意想追上闇騎士他們，讓他們往你眼睛砍一劍，我知道你在想什麼，不要那麼做，拜託……

下次你若再敢瞞我，不管是再機密的事，我都會當著十二聖騎士的面揭穿你。

……

……

「我想起來了。」

我緩過氣來，記憶完全回籠，緩緩站起身，擺著那抹永遠掛在臉上的標準微笑。

「我是太陽騎士，格里西亞．太陽。」

寒冰愣了一愣後，表情還有點疑慮，他忍不住問：「太陽你真的想起來了啊？那我叫作什麼名字？」

聽到這個問題，我頓時揪起眉頭，努力回想：「好像是……稀爛吧？」

寒冰面無表情地看著我。

「不是？那就是稀巴爛了。」這次，我十足肯定地回答。

「是伊希嵐！」寒冰糾正完後，訝異地說：「太陽，你真的恢復記憶了！」

我點了點頭。

這時，審判又走近了幾步。

我偏了偏頭，疑惑地問：「審判，你怎麼有辦法過來？」

不！不只審判，陸陸續續平空出現好幾個人，暴風、大地、白雲、羅蘭、刃金……竟然所有人都到了。

包含我在內，十二聖騎士全員到齊！

「這是傳送魔法陣？」

地面出現一個十分複雜的圓形魔法陣，十二聖騎士就是從這裡一個個冒出來，讓人不難猜出它的作用。

但這裡可是月蘭國境內，到底是誰有這麼大的能力，居然能橫跨如此遙遠的距離，將九個人全都傳送過來？

就算是現在的我能夠綁著一頭龍，卻也不見得能做到這件事，先不提會不會繪製魔法陣，我最充沛的屬性其實是暗屬性，而眼前的傳送魔法陣是由大量風屬性構成。

審判轉過身去，對其他人說：「先去幫烈火和寒冰療傷，能治多少是多少。」

「好。」

除了我以外，治癒術算是較好的綠葉和大地立刻走到兩人身旁，寒冰退開一步讓他們先幫烈火治療，兩人看著昏迷的烈火也是十分擔心，立刻開始施展治癒術，但他們頂多施展中級治癒術，這對重傷的烈火和寒冰來說根本杯水車薪。

其他人也紛紛上前施展治癒術，但一樣沒有太大作用。

見狀，我立刻走上前一步想幫忙，卻猛然想起現在的自己渾身充滿暗屬性，施展起光屬性的治癒術根本不比綠葉和大地。

「太陽，你的劍。」

轉頭一看，審判把太陽神劍舉在我前方。

太陽神劍當然是我的劍，只是它現在散發的強烈光屬性讓我感覺非常不舒服，雖然眼睛看不見，但它卻能給我一種幾乎像是刺眼的感覺。

我厭惡地說：「我現在不想要它了。」

我有一種預感，如果現在握住太陽神劍，自己一定會失去體內充沛的暗屬性，重新回復成那個不會用劍甚至連自己都保護不了的太陽騎士！

「爲什麼？」審判冷靜地問。

我沉默了一下，還是開口說：「因爲我不想再回到以前的軟弱樣子了，我現在有足夠強大的力量，甚至可以綁住一條龍不讓牠傷害寒冰和烈火，我可以保護你們！」

「是嗎？」審判冷冷地說：「那爲什麼寒冰的腿傷可見骨，而烈火甚至傷得倒在地上昏迷不醒？他們以前從未受過這麼重的傷！」

「那是……」我啞口無言，但又努力辯解：「我之前失憶了，所以才會讓他們兩人受傷，以後再也不會了。」

審判皺起眉頭，立刻厲聲說：「那你治好他們，現在就治好他們兩個！」

怎麼可能！我現在體內充斥暗屬性，再也無法聚集大量光屬性，就算勉強能使用治癒術，恐怕最多也只能用到中級程度，而烈火和寒冰身上的傷勢那麼重，只有終極治癒術才有辦法治好他們。

以往的我可以輕易施展終極治癒術，但現在的我卻再也辦不到。

「拿去！」審判舉著太陽神劍踏近一步。

我卻後退一步，大聲說：「我不要再回到以前那種軟弱到連劍術都學不會的樣子！這次讓他們兩個受傷純粹是意外，只是因爲我失憶搞不清楚狀況，這種事不會再發生了！我現在已經有力量，不但可以保護自己，也不會再讓任何聖騎士受傷，我可以保護你們——」

「太陽！」審判再次厲聲打斷我的話，低吼：「難道你忘記曾經對我們說過的話了嗎？」

我曾經說過的話？

審判低喝：「在你怎麼也學不好劍術的時候，在光明神殿想要換掉你的聲浪之下，你忘記自己在你的老師面前，在我們的面前，對所有人大聲宣告的話了嗎？」

我一愣，那時……

我學不會劍術又有什麼關係？

就算我不像我的老師一樣是史上最強的太陽騎士，但我的十二聖騎士在我的神術增強之下，他們就是「史上最強十二聖騎士」！

世界上沒有任何東西能夠跨越他們來傷害我！

就算我連劍都不會用，也沒有任何東西值得我懼怕！

我曾經說過這樣的話……

「拿起太陽神劍！」

審判把劍平舉在我的面前，恢復平靜的語氣說：「太陽，有你的神術，我們才是史上最強的十二聖騎士！所以我們需要的是你的支援，而不是你的保護！如果你還承認我們是同伴就接下劍來，以同伴的身分支援我們，而不是一個人獨自站在前方，像個英雄似地想要保護我們！」

說完，審判仍舊舉著劍，眼神直盯著我，就算我看不見，也能想像得出他現在的眼神有多嚴厲。

他緩緩地說：「英雄還是同伴，隨你選擇。」

當然是同伴！我再不遲疑，伸出手快碰到劍時卻遲疑了一下，轉頭看著掙扎的巨龍，我一接過太陽神劍，恐怕就維持不住黑暗鎖鏈，等於釋放這頭危險無比的龍了。

「我還是先把龍給解決掉——」

「拿！」審判低喝。

我一愣，連忙解釋：「我不是不想拿，只是擔心你們打不贏龍，還是讓我先想辦法殺死牠……」

三枝箭矢突然分別從頭頂和兩邊臉頰旁飛過去，我遲了一拍才反應過來，瞪大眼睛發現舉弓射我的人竟然是綠葉！

綠葉緩緩把弓放低下來，微笑對我說：「剛才那三箭如果射中了，你就已經死了喔！太陽。」

「太陽。」

身旁突然有人叫了我一聲，嚇了我一大跳，這才發現暴風竟然無聲無息地出現在旁邊，一隻手還搭在我的肩膀上。

暴風頂著一張快猝死的憔悴臉，有氣無力地說：「拜託太陽你快點接劍，然後把神術加一加，我們立刻把那條龍宰掉後回聖殿去，好不好啊？我熬夜工作十幾天了，現在眞的好想回去睡覺哈啊——睏死我了。」

大地用聖光凝結出巨大的盾牌，就擋在龍與我們之間，然後用「忠厚老實」的語氣說：「快、快接劍吧，太陽，你就別擔心了，我們早就習慣戰鬥的時候，你、你就在後面納涼了，所以你就放心地接劍，一切有我們，根本不需要你呢！」

白雲默默從角落「浮現」出來，還練習似地揮了揮刀，刀影快得幾乎看不見，然後他又默默隱遁回角落中……你到底是出來幹什麼的？

寒冰仍舊一手扶抱著烈火，但他的另一手卻握緊神棒——錯，是寒冰神劍。

孤月高傲地抬著頭，同時抽出那把掛在腰間的鞭子，流暢地揮了幾下，唰唰的破空之聲聽起來就好痛，他的姿態簡直就像女王一樣——不！不，是像國王一樣！

堅石也拔出他的武器，那是一把跟人差不多長寬高，但重量起碼是兩個人重的巨劍。

羅蘭十分難得地帶著他的家傳邪惡寶劍，同時拔下粉紅給他的戒指，露出死亡領主的黑火紋路、銳爪龍翅之身，氣勢完全不輸給一頭龍。

最後，刃金冷哼了一聲後說：「你不是眞的以爲我們需要你的保護吧？你就加好神術後乖乖到後面去吧！」

看著同伴們躍躍欲試、毫不畏懼巨龍的神態，我突然開始疑惑起來，自己到底爲什麼會想要力量？

力量這種東西，我不是早就擁有了嗎！

我再也不猶豫，伸手握住審判手上的太陽神劍。

光屬性將暗屬性從我體內擠出去，重新回歸到整座特萊澤爾山谷，也因此，密密麻麻的黑暗鎖鏈逐漸消失。

眼看著可以掙脫禁錮，黑龍憤怒地大聲咆吼、揮舞著爪子，似乎迫不及待想要把面前所有東西都撕成碎片。

這時，審判鬆手放開太陽神劍，轉而拔出他的審判神劍，繼續看著我，所有人都看著我，他們在等待——

我張開眼睛，釋放出大量光屬性。

「終極治癒術！」

烈火張開眼睛，寒冰重新站直。

「神翼術！」

「聖光護體！」

當所有人身上都閃耀著神術光芒的時候，我舉起太陽神劍，比向那頭狂怒大吼的黑龍，對自己的十二聖騎士下令。

「十二聖騎士，屠龍任務開始！」

大家整齊劃一地回答。

「是！」

審判率隊突進，我則是立刻往後退，離那條龍越遠越好，畢竟連龍都知道祭司要先殺——不是，是會治癒術的人要先殺掉，我是聖騎士！

雖然兩次終極治癒術和兩種神術讓我聖光清空大半，但手持太陽神劍的狀況下，擠擠總是還有點聖光的，隨時可以施放治癒術。

前方不遠處是綠葉，他一方面是遠攻手，本就該遠離戰場中心，另一方面也有守護我的意思。

其他人都隨審判出擊，有翅膀能飛的羅蘭第一個與黑龍接觸，面對如此大體積的對手，他並沒有打算直接迎擊，似乎想學我那樣用鎖鏈綑綁黑龍，但他不是以數量取勝，而是化出兩條粗大的鏈子試圖捆住黑龍翅膀，卻還是被黑龍輕易拉斷。

羅蘭再試一次，但黑龍卻即時收攏翅膀，讓鎖鏈撲空，兩次失敗後，一人一龍之間的距離已近到黑龍張大嘴、伸長脖子就能咬中，而那頭龍也沒有錯失這個機會，張嘴就朝羅蘭咬去。

我看得心頭一驚，治癒術對羅蘭是種傷害，如果他受傷了，我沒辦法治療他！

黑龍卻是咬了個空，羅蘭竟平空消失，我用感知一掃，他落下地面，就站在孤月身旁，腰上還纏著鞭子。

原來是千鈞一髮之際，孤月一鞭子捲著羅蘭的腰把他拉下來，即時躲過黑龍的突襲，而兩人的前方還有大地守護盾，就算孤月沒來得及救援，還有大地頂著，沒讓羅蘭有受傷的可能。

我鬆了口氣的同時，聽見黑龍吃痛吼一聲後急速飛上高空，我延伸感知發現牠的左眼上竟插著一枝箭矢，應該是綠葉趁著黑龍張嘴咬羅蘭的時候攻擊。

黑龍在高空弄掉眼中箭矢後，也不想下來了，張嘴朝著下方噴出大片酸液。

我高喊提醒：「牠噴酸了！」

大地的巨大化守護盾和寒冰的冰牆擋下大半，剩餘碎散酸液又被奇克斯的火燒掉，只有零星一點兩點落在眾人身上，造成指甲片大小的腐蝕傷口，但根本沒人把那點傷當回事，只有我看得心驚，但現在還不是浪費治癒術的時候，要忍著不能治療！

審判抬頭望向高空中盤旋的黑龍，下令：「魔獄帶我和孤月上去，再下來接其他人。」

我注意到黑龍下降高度，姿勢收緊宛如箭矢，連忙高喊提醒：「牠要俯衝攻擊了！」

審判沒有時間回應，但還是看了我一眼致意。

他更換指令：「大地擋住酸液，其他人趁龍俯衝找機會跳上龍身，魔獄隨時注意接住掉下去的人。」

羅蘭一聽立刻面色嚴肅，深怕漏接任何一個同伴。

黑龍速度驚人，瞬間從高空俯衝下來，先是龍嘴一路噴吐出腐蝕酸液，眾人往兩側閃躲主要的噴吐流，噴濺的酸液也有大地守護盾幫忙擋下。

黑龍見噴吐再次失敗，氣得落地用粗大龍尾橫掃，想把聖騎士們掃進酸液灘中。

這時，大夥各顯神通登龍身，審判竟在龍尾橫掃過來時不閃不避，只是往後一躍卸了點力，審判神劍順勢插入龍鱗之中，他的腳也踩上龍尾，整個人牢牢靠在龍尾上，等這尾巴一停掃勢，他就拔起審判神劍順著尾巴往背脊跑。

暴風一個助跑，毫不客氣地踩到大地的肩上，躍起驚人的高度踩上龍的側身。

這時，白雲竟帶著烈火神出鬼沒地出現在他身旁，暴風拉住兩人，踩著龍皮上凹凸不平的棘刺往上衝刺，三人順利登上龍背。

寒冰在龍尾掃過去後伸手射出一條冰鏈黏在上頭，順勢被帶飛，而刃金即時撲上抱著寒冰的腰一起飛。

孤月在黑龍見情況不妙要飛走之際，鞭子纏住龍爪，帶著大地和堅石一起被拉上去。

其實有些人應該不用上去，像是烈火，他擅長的是除靈而不是除龍，但我想大概沒人想被留在地面——我例外，完全不想來一段驚險刺激的與龍飛行，想想那場面就要暈龍！

用感知監控半空的情況，我走到綠葉身旁，用太陽神劍在手臂劃開一刀，將血淋入他的箭袋內。

「那是條黑暗屬性的龍，我的血會讓牠更難受。」

綠葉點頭，他沒有看我，而是專注在戰場上找最好的機會攻擊。

綠葉的箭術一定準，問題是那龍太大了，綠葉的箭矢就這麼點長度，全插進去都不一定能突破龍的脂肪層，剛才審判登上龍的時候也插了牠一刀，黑龍顯然沒有太大反應，實在是不夠長。

但既然審判等人已登上龍身，這就不是問題，如果不夠長，那就一路刺進去！

眾人也是這麼幹的，他們兩兩爲組四處在龍身上製造傷口，龍鱗雖硬，但他們拿的可是光明神殿代代相傳的神器，完全沒有我剛才只能在龍身上留刮痕的窘境，一路往龍肉裡切入都不是問題，若不是龍哪裡痛就會往哪裡抓咬，逼他們不得不轉移陣地，否則他們能直接在半空中將龍開膛剖腹。

龍痛得張大的嘴是綠葉的好目標，他將染著光屬性血液的箭全射進黑龍嘴裡，更誇張的是綠葉並非單純將箭射進龍嘴而已，他準確無誤地射中酸液的噴吐口，光屬性的血液將其腐蝕成一團爛肉。

我從擔心同伴安危到現在也是看明白了，當十二聖騎士登上龍身時，這條黑龍大勢已去，牠根本不該俯衝到聖騎士們可以上去的高度。

但話說回來，那高度其實還是很高，一般人根本上不去，奈何今天來的都不是一般人。

這時，審判從龍的正背部往裡切，半個人都埋進龍的血肉裡去，我抓心撓肝地想提示他該往哪個方向切進去才能直達心臟，卻沒辦法把聲音傳那麼遠。

黑龍痛得狂吼，爪子拚命想去抓審判，卻難以繞到正背面，更何況還有其他人在各部位作亂，牠像瘋了似地在空中翻滾，想把人都甩下來。

還真讓牠成功把大地、堅石、烈火等陸續甩掉，幸好羅蘭一個不漏地全接到了，接住後便垂一條黑暗鎖鏈讓他們自己往下爬。

掉下去的人就站在原地像我一樣仰頭聽著黑龍最後的掙扎，看著牠從天空墜落，等著同伴完成任務後重新會合……

在巨大黑龍屍身上，審判站起身來，他染著一身龍血，臉色超級冷酷無情，若是讓忘響國民眾看見，審判騎士的恐怖名聲又要更上一層樓了，但我一看就知道——他潔癖犯了想吐。

審判甩甩神劍上的血漬，領著十二聖騎士跳下龍屍，一齊走向我。

我露出太陽騎士的燦爛笑容迎接自家十二聖騎士，降下聖光治癒所有人身上大大小小的傷口。

「辛苦了。」

說完便凝聚水屬性把所有人來回沖一沖，免得審判憋不住吐出來，這裡可沒廁所讓他躲。

眾人都用死魚眼看著我，但在我瞄了眼審判後，寒冰就立刻接手用更大的水流把所有人沖到不時吐幾口水出來。

♣♣♣

最後，我們總算回到聖殿。

我率隊去和教皇報告情況並告知我們幹掉一條龍，讓他眼睛發亮，直喊著要趕快派人去把龍拿回來，龍皮可以做盔甲、龍肉可以吃、龍骨可以當施法材料、龍牙可以做武器、龍筋是藥材，甚至連龍血都可以賣給那些迷信喝龍血會長得跟大樹一樣高壯的人。

我頓時對那條黑龍感到很抱歉。

大致報告完後，大家看起來都累壞了，我立刻下令原地解散，眾人紛紛轉身離開教皇的書房回自己房間去。

「烈火、寒冰！」

在聖殿走廊上，我有點遲疑地喊住兩人。

兩人都停下腳步，其他人紛紛偷瞄我們幾眼，一邊拉長耳朵，一邊用慢到極致的腳步走路。

我結結巴巴如大地，說：「那個我、很那個……眞的很對不起……」

寒冰點了點頭，臉色看來與平常無異，看來是接受我的道歉了。

但烈火的臉色卻很緊繃，見狀，我突然緊張起來，這次該不會是一向很挺我的烈火不肯原諒我了吧？

我一臉愧疚歉意地看著烈火，後者沒能繃緊臉多久就滿臉怒容地大吼：「以後別再失憶了！太陽，你失憶的時候眞是一個王八蛋！」

他平常就是了呀。不遠處，傳來不知道是誰的咕噥聲。

烈火沉默了下，又吼：「你失憶的時候眞是另一種王八蛋！讓人想揍的那種！」

喂喂！你不須要特地改口好嗎！

他平常也讓人很想揍啊！奇怪厮？

烈火又沉默了，寒冰安慰似地拍拍他的肩膀。

我轉過身去露出燦爛的笑容，說：「想不到各位弟兄在屠龍之後仍舊精神抖擻，必定是光明神的憐憫之心消去弟兄們的疲倦，讓弟兄們能夠繼續不懈地揮灑光明神的光輝，太陽心中為之感動不已，更願意協助各位弟兄發揚此光輝，不如現在就出發，來一場突發的聖歌遊行，弟兄們覺得如何？」

眾人腳下如疾風，瞬間消失無蹤。

哼哼！再給我偷聽看熱鬧落井下石啊！

我轉過身重新掛上既無辜又知錯能改的表情，可憐兮兮地看著烈火。

烈火表情緩和不少，只是有點擔心地問：「你以後不會再幹出把寒冰丟給龍這種事情了吧？」

我信誓旦旦地說：「就算是大地，我也不會把他丟給龍，眞的！」

去你的！

我轉過頭去，好像聽見大地的聲音？

烈火點點頭，用力拍了下我的背，大聲嚷嚷：「是這樣就好，那我去睡啦，爲了找你，幾天沒睡覺了。」

我點了點頭後，轉頭看向寒冰。

寒冰只是搖了搖頭，簡單地說：「不怪你。」

我目送兩人離去，以一種從未見過的虛浮腳步，哪怕不是劍術高手都看得出他們的狀況不好。

對不起，以及，謝謝。

幾天後，大家都睡上飽飽的一覺後，才眞正開始處理後續的問題。

伍德洛他們五個人也隨我們回聖殿來了，在與他們約法三章，絕對不可以把我的眞面目說出去後，我就任由他們繼續在葉芽城觀光或者自行離去。

其實我不是太擔心他們會說出去。

就算他們眞的說出去了，又有誰會相信呢？

前前後後總共三十八任的十二聖騎士掩蓋自己的眞實個性二十年，塑造出來的十二聖騎士形象，這是隨便一個五人冒險者小隊輕易可以打破的嗎？

我全身上下都是剛調好敷上的美白面膜，根據羅蘭的說法，我現在的皮膚顏色只比寒冰做的提拉米蘇蛋糕要白一點。

剛聽見的時候，我打擊大到差點想打自己腦袋一棒，乾脆永遠失憶算了。

幸好在連敷三天面膜後，羅蘭說我已經跟蜂蜜差不多顏色。

我一邊站著敷正反面全身膜，一邊想著失憶以來發生的種種事情。

當初自己到底是做了什麼才會跑到基辛格王國去？

雖然恢復記憶了，但我卻對這件事情的經過完全沒有印象。

莫非這也是紅詩幹的好事嗎？紅詩的眞實身分難道是……但她爲什麼要害我呢？還有，不知道被紅詩帶走的小白現在怎麼樣了？

叩叩叩！

……該死的詛咒！

「請問門外是哪位弟兄在光明神的提醒之下，前來找太陽交流仁慈之道？」

「格里西亞，是我啦……」

這聲音好像是……我把感知延伸到門外，確定來人身分後，不得不把敷在身上的薪水通通放水流，含淚穿上衣服前去開門。

「希貝兒。」一打開門，我帶著點無奈地問：「有什麼事情嗎？」

希貝兒卻毫不客氣地走進房間，好奇地看著地板，問：「怎麼濕濕的？你剛剛在洗澡嗎？那正好！」

正好什麼？正好聞起來比較香嗎？畢竟逃亡的時候我聞起來可臭了，但其他人也一樣臭，誰也別嫌誰。

「滿乾淨的嘛！」希貝兒打量完房間後說：「其實我是來道別的。」

「你們要走了嗎？」我不解地問：「其他人怎麼沒跟妳一起過來？」

希貝兒咳了兩聲後說：「其他人要明天才來。」

「明天？」我不解地搔了搔臉。爲什麼不一起來呢？

「你眞的是和想像中的太陽騎士完全都不一樣呢！」

希貝兒上下打量著我，說：「除了外表眞的是金髮藍眼和牛奶白的皮膚，呃，你現在比較黑一點，像蜂蜜牛奶。」

不要戳我的痛處！

「不過眞的是比較像呢！」

今天的希貝兒怎麼一直說莫名其妙的話？我疑惑地問：「比較像什麼？」

希貝兒又踏近一步，我聞到她身上有著茉莉花的香味，這是灑香水了？

她俏皮一笑，說：「比傳說中的太陽騎士要像一個眞實的人——你身上怎麼有香味，你還灑香水？」

「沒有。」

我身上或多或少都帶著香味，沒辦法，敷了十年的面膜，面膜原料大多都是薰衣草，整個人難免會帶著點薰衣草的味道。

我的老師尼奧就不愛薰衣草，他喜歡敷玫瑰面膜，所以身上永遠都有著玫瑰香。

希貝兒偏了偏頭，疑惑地說：「難道這是處男香？」

「……當然不是！」

「香味不是處男香？」

「不是！」

「那人呢？我還以爲，你會像之前一樣大聲說自己不是處男呢？」

「……」

「要不要……」希貝兒又踏近一步，整個人幾乎是貼在我的面前，我甚至都能感覺到她說話吹出來的氣。

「從此以後永遠擺脫處男這個詞呢？」

我一怔，這話的意思難道是說……

我都還在呆愣，希貝兒的臉卻已越靠越近，嘴唇幾乎就要貼上我的嘴，但她的胸部倒是先貼到我的胸口，兩團軟綿綿的觸感眞是棒呆了！

難道今天就是我擺脫殿男加處男的日子了嗎？

親愛的光明神呀！我決定將今天設成感謝日，每年的今天就到您的塑像面前感謝您……

砰！

「啊啊，眞是對、對不起，我是不是打擾到你們了？」

臭．大．地！

既然知道打擾到了，那還不快滾？趁著希貝兒轉頭看大地的時候，我立刻用世界上最陰險的眼神瞪他，傳送一個熱辣辣的「滾」字。

「太、太陽，我有重要的事情要跟你說。」大地露出十分抱歉又為難的表情看著希貝兒。

後者低垂下頭，表情難得看起來有點害羞，連忙說：「那、那正好，我也道別完了，太晚了我該走了，格里西亞，再見！」

再見？什麼時候再見？晚一點就見嗎？

但是我還來不及問，希貝兒就這麼跑走，表情還十分羞惱，看起來似乎是不想再回來了，我、我的感謝日！

大地拍拍我的肩，誠摯地問：「太、太陽，這是不是叫作因果報應？」

喂喂！你是光明神的十二聖騎士耶！說什麼因果報應，小心我把你當異教徒綁上火刑柱燒死！

我沒好氣地對大地說：「鬧完了就滾吧你！」

「是真的有事告訴你呀！」大地聳了聳肩，說：「審判找你。」

「審判找我為什麼不自己來？」

「他要找你過去開會。」

大地突然笑了，仍舊是很憨厚的笑容，但不知道是不是我的錯覺，總覺得他這笑容比以往來得更加陰險，可我最近沒惹他吧？我離開這麼長的時間，根本沒有機會可以打斷他勾引第四十一或者第四十二個女人呀！

先聲明，不是我數錯，而是出現在他房間的女人數目增加的速度就是這麼快！真可恨！

但大地都成功打擾我的好事了，還笑得這麼陰險幹嘛？或許是我用感知「看」表情，所以有了錯覺吧？

審判特地派人來找我去開會這點也挺讓人在意，最近應該沒有發生大事才對。

我有點疑惑，但還是點頭答應：「好，走吧！」

十二聖騎的共同守則第四條

「理論上，太陽騎士的逆鱗是不可觸碰的；
實際上，寧可犯到太陽騎士的逆鱗，
也不要激怒審判騎士。」

黑暗中，十二聖騎士安靜地圍坐在會議桌上，喔不，其實只有十一人，因爲太陽騎士尚未到達。

眾人卻沒有如往常在正式開會前隨意聊天，反而安靜地不發一語，甚至還做到目不斜視，就怕不小心引來正冷著一張臉的審判騎士的注意。

這時，會議室的門打開來了，頓時帶來滿室的光明，還有一張燦爛如陽的笑臉。

「各位弟兄，好久不曾互相交流光明神的——」

「坐下。」雷瑟·審判冷冷地打斷。

太陽騎士怔了一下，他環顧眾人，這才發現所有人的坐姿都非常端正，連背脊都挺得筆直如劍，哪怕這房間被雷劈穿，恐怕都沒人敢動彈。

見此情狀，堂堂太陽騎士十分聽話地坐到位子上，背脊挺得跟眾人一樣筆直。

雷瑟·審判淡淡地說：「既然已經恢復記憶了，現在就來跟大家解釋一下，你爲什麼會從聖殿跑到月蘭國的特萊澤爾山谷。」

太陽騎士吞了吞口水，怯怯地開口說：「事、事實上，我是先跑到基辛格王國，不過我眞的不記得自己是怎麼過去的了——」

啪！

雷瑟·審判重重地拍了桌子，眾人的眼皮大力跳動了下，更不敢露出任何表情，連頭髮都不敢飄動一根。

半晌，太陽騎士才抖著嘴唇招供：「雷瑟，我是真、真的不記得了，我可以跟光明神發誓一百次！我只記得前一天晚上去睡覺，然後隔天起床就在基辛格了，是真的！我這次眞的沒有騙你啦！」

所以，之前常常騙就對了？眾人目不斜視，只是心中默默地反問。

雷瑟・審判也不知信了沒有，只是淡淡地說：「那好，既然你不記得了，就由我來告訴你。」

「呃？」太陽騎士愣了一愣。

雷瑟・審判就像在問訊似地說：「平時你並不輕易帶太陽神劍出去，是嗎？」

「……對。」

「太陽神劍是認你爲主的寶物，不可能被別人帶出光明神殿，卻沒有被你發現，是嗎？」

「……是。」

「所以，太陽神劍那天之所以會出現在神殿外，一定是被你帶出去的，是嗎？」

「……大概吧。」

「魔獄騎士長一向盡忠職守，我下令讓他緊跟著你，他卻沒跟著你，一定是你特意甩開他，是嗎？」

太陽騎士偷瞄了羅蘭．魔獄一眼，不得不承認：「嗯。」

雷瑟．審判沒有再問問題，只是冷冷地看著太陽騎士，下了最終宣判。

「那天你帶著太陽神劍出門，必定是要去辦危險的事情，因爲依你的個性，絕對不會想讓魔獄騎士長跟著自己涉險，所以才會故意甩掉他，自己一個人去做危險的事情，最後不知道發生什麼事情，被傳送到基辛格王國，而且失憶了。事情經過就是這樣。」

聽到宣判，眾人露出恍然大悟的表情，太陽騎士則是露出欲哭無淚的表情。

以後失憶都不用擔心了，反正審判騎士長會負責宣判我到底幹了什麼事。眾人又默默地心想。

雷瑟．審判緩緩站起身來，由上而下地俯看太陽騎士，用超重低音說：「上一次是把自己弄瞎，這一次是自己去做危險的事情，導致記憶全失，如果不懲戒你這無法無天的傢伙，下次還不知道要鬧出什麼事情來！」

「你要懲戒我？」

太陽騎士愣了一愣，先是不信，隨後見到雷瑟．審判一臉冰冷的表情，才終於明白他這次是來眞的了，連忙大喊：「等一下，我突然肚子痛想上廁所，有什麼事情等我回來再說！」

說完，他猛地站起來後轉身就朝門口跑去，這期間，雷瑟・審判連動也沒動，只是冷眼看著他。

太陽騎士才走了兩步，卻發現會議室門口已經被人擋住了。

「綠葉……？」

綠葉騎士站在門口，露出溫和的微笑說：「太陽你為了救我而看不見了，卻一直不肯告訴我，還騙我那麼久，若不是這次被拆穿，你還打算騙我多久呢？嗯？太陽。」

太陽騎士吞了吞口水，連忙轉過身，想要改為跳窗逃生，但是這次，變成寒冰騎士站在窗前。

「寒冰！」太陽騎士十分委屈地說：「你不是都說原諒我了嗎？」

伊希嵐點了點頭後說：「我原諒你把我丟給龍。」然後，他走上前，默默地揉了揉太陽騎士的頭，再重新走回窗口。

「……你不是這麼記仇的吧？」

寒冰騎士又點了點頭。

此路又不通，太陽騎士只得回過身，一眼瞄見坐在位子上的魔獄騎士長，他連忙喊：「羅蘭！快快，帶我離開這裡！」

羅蘭．魔獄幽幽地說：「你故意甩開我，讓我失職了，我一直十分懊惱，竟然沒有做好自己的工作，後果是害你失蹤還失去記憶。」

「……」

太陽騎士左看看右看看，每個被看到的人全都轉過頭去，連看他一眼都不敢，發現自己竟然孤立無援後，他當機立斷，立刻高聲大叫：「亞戴爾，救命呀！」

會議室的門被撞開來了，亞戴爾急匆匆衝進來，喊：「隊長，發生什麼事了？」

這時，雷瑟．審判終於有了動作，他身影一躍，跳到亞戴爾面前，後者只來得及疑惑地脫口「審判騎——嗚！」就被一拳擊中腹部，懷著滿肚子的疑惑緩緩倒下。

「維達。」雷瑟．審判輕喊一聲。

一名穿著審判小隊服的聖騎士從門外走進來，直接對審判騎士行禮，這期間，雖然他努力保持冷靜，但還是忍不住用眼尾瞄了昏迷的亞戴爾一眼。

雷瑟．審判對自己的副隊長吩咐：「太陽小隊副隊長亞戴爾『因公受傷』，獲准放病假一個月，他所有的工作將會由太陽騎士長親自完成。你負責把亞戴爾送回他的故鄉去休假，同時告訴他，病假期間，若是讓我在聖殿看見他一次，太陽騎士必須親自批改公文的時間就會多一個月！」

太陽騎士看著維達把自己最後的救星拖走，他滿臉絕望的神色，回頭看著雷瑟·審判，問：「雷瑟，你是來眞的？」

雷瑟·審判淡淡地說：「騙人是你常做的事情，但我做過嗎？」

聞言，太陽騎士無言了，但還是想做垂死的掙扎，硬著頭皮胡編：「雖然你的推論乍聽之下好像很合理，可是我也有可能只是帶著太陽神劍去找粉紅泡茶，然後不知道爲什麼被她打飛到基辛格還失憶……」

「你說粉紅？」

羅蘭突然開口說：「她幫了不少忙，當收到烈火傳來的訊息時，我們原本不知道該怎麼在短時間內趕過去，正巧那時她過來找我，一聽說這件事情後，就準備傳送魔法陣，把我們所有人傳送過去。」

「什麼？」太陽騎士一愣。沒想到居然是粉紅把人送過來的。

他還以爲……粉紅就是紅詩。

太陽騎士遲疑地問：「粉紅她還是個小女孩嗎？」

「不是，她換了一具身體。」羅蘭搖搖頭，仔細解說：「這次換成一名成年女性，看起來有二十多歲，不再是小女孩。」

什麼？這麼說來，粉紅眞的不是紅詩了？

「格里西亞。」雷瑟．審判突然開口喊。

「什麼？」太陽騎士轉頭看向雷瑟．審判，難道後者也覺得粉紅有古怪？

雷瑟．審判淡淡地說：「別以爲轉移話題就可以逃過一劫。綠葉、魔獄，把太陽拖去禁閉室。魔獄騎士長，往後一個月，你就負責看守禁閉室，沒有我的命令，誰都不准進出。」

「是！」

兩人一左一右架起太陽騎士後就往會議室門口拖。

「等一下！雷瑟，我再也不敢亂來了！救命啊！我不要被關在禁閉室裡改一個月的公文，你乾脆送我去見光明神算了！雷瑟．審判～～～」

太陽騎士被拖出去後，會議室的門轟然關上，雷瑟．審判淡淡說了句「散會」，然後俐落地離開會議室。

眾人默默目送審判騎士離開後，這時，有人遲疑地開口……

「理論上，太陽騎士才是聖殿的領導人，十二聖騎士之首吧？」

「沒錯。」

「理論上，審判騎士還是在太陽騎士的管轄之下吧？」

「是呀！」

「所以，理論上，審判騎士並沒有權力把太陽騎士抓去關禁閉吧？」

「就是教皇都無權關他禁閉！」

「那現在這樣好像不太對吧？」

「理論上不太對，不過實際上嘛——有種的話，你就當著審判的面，去放太陽出來試試看呀？」

「……其實我不是理論派的。」

《吾命騎士 vol.4 屠龍》完

後記

如果是重讀新版而不是第一次閱讀的讀者，不知道大家在最初閱讀的時候有沒有發現紅詩跟格里西亞的對話其實很大部分都不是謊言，只是「太陽騎士」的身分得換一換而已。

新版更加突顯這點，希望有讓大家看出來。

第四集是一個轉捩點，除了想讓大家明白十二聖騎士在平常人眼中到底是什麼模樣，也是開始邁入後續主線的重要集數。

這裡出現的冒險隊也挺重要的，他們對格里西亞的善意，很大部分讓失憶的格里西亞不至於眞的走歪，後續還有角色會出現，咳咳這不算劇透吧？

還有就是格里西亞幾次加入冒險隊的對比，前面有包含戰神之子和綠葉的神級隊伍，這裡的平凡隊伍，後面還有……咳咳，不能劇透。

還有一個最大的差別就是補上十二聖騎士與龍的戰鬥！

以前舊版因爲格里西亞本身不擅長戰鬥，同時還對戰鬥的眼力很差，根本說不出個所以然來，所以略過這一段，但後續看大家的感想，似乎還是很想看看十二聖騎士與龍的對戰，所以在新版補上，並讓格里西亞用感知來補足眼力的不足，希望大家會喜歡這段十二聖騎士合力對抗龍的熱血奮戰！

雖然黑龍有點無辜，可說龍在山谷睡，禍從天上來，但也不是那麼無辜，畢竟當地有不少骷髏都是牠吃肉後吐出來的。

黑龍身上的材料加上懸賞金，光明神殿加餐加了一個月，教皇差點想讓十二聖騎士把大陸上所有惡龍的懸賞都接下來做一做，可惜被太陽騎士用一句「不准動我家聖騎士的歪腦筋」否決。

原始後記

拯救公主的重點不在公主，屠龍的重點也不是龍，如果被國文老師看見，一定會來個眉批：文不對題，砍掉重練……不！是回去重寫。

這集中埋下眾多伏筆，算是用來接續以及開啓眞正主線的一集，同時，也稍微讓大家了解一下十二聖騎士、戰神之子和沉默之鷹等人，在普通人的心目中，大概是什麼樣的模樣。

順便提了一下國家觀念，非常簡略的國家觀念，但我也無意弄得太複雜（因爲作者記不起來）……咳！不是，因爲《吾命騎士》的重點不在國家，而在神殿之間的恩怨情仇，而三大神殿內要記的事情已經太多（譬如某神殿就有十二個聖騎士），所以我會選擇把國家觀念弄得少一些，好讓大家不用把本書當歷史教科書來背誦。

再來，神之間的觀念也會越來越多一些。

又再來，騎士的名字也越來越多了。

來，現在幫大家複習已經出現過名字的十二聖騎士。

溫暖好人派

格里西亞·太陽

草莓（艾爾梅瑞·綠葉）

奇怪廝（奇克斯·烈火）

希歐·暴風，暫時（在這集）逃過一劫。太陽到底是怎麼叫暴風的呢？大家可以猜猜看喔！

殘酷冰塊組

雷瑟．審判，連太陽都不敢給他亂取綽號的人。

羅蘭．魔獄，很幸運地，在太陽還沒學會亂取綽號時，就認識他的傢伙。

稀巴爛（伊希嵐．寒冰）

史萊姆（萊卡．刃金）

在這裡祝福大家都有良好的記性。（作者默默把十二聖騎士的名字貼在電腦螢幕旁邊。）

順提，這集最大的騎士真面目大揭露是——除非頭殼壞去，不然騎士沒事是不會去屠龍的。

好無辜的一條龍，躺著都中槍呀！（作者寫完後，自己內心的ＯＳ。）

御我

來御我家逛逛吧～

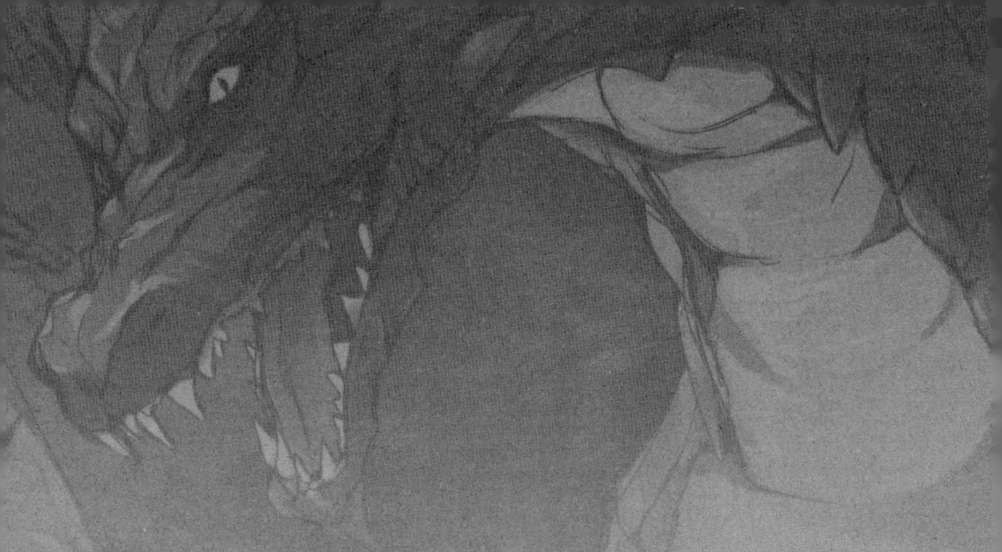

The Legend of Sun Knight

吾命騎士 vol.5

下集預告

葉芽城史無前例地熱鬧！
不死生物全城趴趴走、獨角獸不時冒出來，
沉默之鷹等陽找上門，人帥得教皇警告我小心信徒被勾走！
最後居然連老師的同伴艾崔斯特都來了。

一個個都神神祕祕話只說一半，讓我氣得想通通抓來嚴刑逼供。
我正絞盡腦汁該怎麼逼眾人招供時，又傳來噩耗……

審判出事了！？

誰竟敢動我的聖騎士？想好去光明神身邊懺悔的禱詞吧。

～敬請期待！～

國家圖書館出版品預行編目資料

吾命騎士. 4, 屠龍 / 御我 著.——初版.——台北市：魔豆文化有限公司出版 :蓋亞文化有限公司發行，2025.02
面；公分.——（Fresh；FS236）
ISBN 978-626-7542-13-2（第四冊：平裝）

863.57 113019671

fresh FS236

吾命騎士 vol. 4

作　　者　御我
插　　畫　J.U.
封面設計　莊謹銘
責任編輯　林珮緹
總 編 輯　黃致雲
發 行 人　陳常智
出 版 社　魔豆文化有限公司
發　　行　蓋亞文化有限公司
地址：台北市103承德路二段75巷35號1樓
電話：02-2558-5438　傳眞：02-2558-5439
電子信箱：gaea@gaeabooks.com.tw
投稿信箱：editor@gaeabooks.com.tw
郵撥帳號 19769541　戶名：蓋亞文化有限公司
法律顧問　宇達經貿法律事務所
總 經 銷　聯合發行股份有限公司
地址：新北市新店區寶橋路二三五巷六弄六號二樓
電話：02-2917-8022　傳眞：02-2915-6275
港澳地區　一代匯集
地址：九龍旺角塘尾道64號龍駒企業大廈10樓B&D室
電話：+852-2783-8102　傳眞：+852-2396-0050
初版一刷　2025年 2月
定　　價　新台幣 300 元
Published and printed in Taiwan

ISBN 978-626-7542-13-2

魔豆

魔豆